(각박한 현대사회에 들려주는 자연의 노래) 월든 콜렉션

초판 1쇄 발행 2021년 01월 31일

글 쓴 이 헨리 데이비드 소로
펴 낸 곳 투나미스
발 행 인 유지훈
교정교열 편집팀

출판등록 2016년 06월 20일
출판신고 제2016-000059호
주   소 수원 팔달구 정조로 735 3층
이 메 일 ouilove2@hanmail.net
홈페이지 http://www.tunamis.co.kr

ISBN 979-11-87632-86-3 (03840)

월든 콜렉션

각박한 현대사회에 들려주는 자연의 노래

헨리 데이비드 소로 지음 | 유지훈 옮김

contents

PART 1

자연주의 운동

"그 누구보다 마음이 자유롭고 올곧은 젊은 친구가 있어 아주 흐뭇하다."

– 에머슨이 소로를 두고 한 말, 1838년에 쓴 일기 –

덧없는 인생

허무한 노력의 끈을 묶은 짐짝일뿐

나는 허무한 노력의 끈을 묶은 짐짝이다
혹시 모르니, 단단히 매시라,
이리 갔다, 저리 갔다하면 묶인 끈이
헐렁해지고 틈도 생길 테니,
날씨가 따스해서
더 그럴 것 같다

뿌리가 없는 제비꽃 한 다발에,
수영도 섞여 있다,
지푸라기가 에워싼 가운데
줄기를 둥글둥글 감으면,
그 법대로
내가 자리를 잡을 것이다

화사한 엘리시움 뜰에서
시간이 움켜쥔 꽃다발,
잡초와 찢긴 줄기는, 서둘러,
오합지졸을 만들어낸다
그가 해산한 날을
낭비해버린다

여기서 남몰래 꽃을 피운다,
수액을 다 마셔버려도,
가지를 파릇파릇하게 채색할
뿌리가 땅에 없으니
그저 빈 컵에
서있을 뿐

여린 싹이 내 줄기에 얽혀있다
삶을 따라한들
무슨 소용이랴! 아이들은 모를 텐데,
조만간 시간이 시들게 하리라
그런 아픔으로
녀석들은 열매를 맺는다

그러고 보니 허무하게 뽑힌 것이 아니었다,
숨이 붙어있는 한
삶의 꽃병에 있다가

어느 친절한 손이
산 채로 나를
낯선 곳에 데려갈 것이다

그러니 마른 줄기는 곧 시간을 되찾으리라,
또 다른 해가 지나면
누군들 알랴마는, 탁 트인 야외에서,
열매는 풍성하고 꽃은 화사하게
만발하리라,
내가 여기서 시드는 동안

일뿐이로다!

세상은 직장이다. 얼마나 분주한지 모른다! 기관차의 경적에 매일 밤잠을 설친다. 꿈도 내 맘대로 못 꾼다. 안식일도 없다. 여가를 즐기는 인간을 한번만이라도 본다면 기분이 째질지도 모르겠다. 그저 일, 일, 일뿐이다. 공책을 사서 생각을 적을 여유도 찾기 힘들다. 머릿속은 대체로 돈이 지배한다. 내가 밭에서 짬을 내는 꼴을 아일랜드 사람이 보면 급료를 세고 있겠거니 하겠지. 어릴 적 창 밖에 버려져 평생 불구가 되거나 인디언에게 놀라 까무러친다면 일을 못한다는 사실 때문에 그를 불쌍히 여길 것이다! 시나 철학, 아니 인생과 대립되는 것은 범죄가 아니라 쉴 새 없는 일이 아닐까 싶다.

《원칙 없는 삶》

챗바퀴를 돌리는 삶 속에도

챗바퀴를 돌리는 삶 속에도
푸를 때가 있다,
색상도 제비꽃처럼 선명하다
아니, 아네모네랄까, 봄이 이를 흩뿌리면
굽이치는 개울가에는
허위긴 하지만 고매한 철학이
불만어린 사람을 위로한다
겨울이 올 무렵이다,
차디찬 밤, 침실 높이까지
명랑한 달의 적막한 빛에
가지와 난간과 돌출부마다
얼음의 창이 도래할 태양의
화살에 대하여 그 길이를 더할 때,
지난여름 눈부신 정오에
노란 꽃이 아른거리며 자라는
고지의 풀밭에 살며시 빗긴 햇살을
내 마음의 삼림에서
들었다. 초원에 머문 푸른 깃발에
꿀벌이 숨을 죽이며 날갯짓을 한다.
수로가 모두 자신의 기념비 같다
조용하고 말없이 서 있는 빠른 시내가
비탈 따라 유쾌히 흘러내려서는

인접한 초원을 거쳐, 드디어 젊은 소리를 낸다,
낮은 개울의 침착한 흐름 속에
혹은 늦게나마 헤집은 밭고랑이 보인다
개똥지빠귀가 뒤를 잇는 곳에,
주변 밭이 죄다 하얗게 묶여 있을 때
그 위에는 두터운 눈이 덮여있다
하나님은 저렴하지만 난 부유하여
다시금 겨울 일로 몸을 돌린다.

남자가 되는 요령

어른이나 아이나, 상거래는 죄다 섭렵하지만 성인이 되는 요령은 무시해버린다. 홈을 파 그 안에 사는 우드척과는 달리, 집 짓는 법은 알지만 잘 살지도 못하고, 집에 만족할 줄도 모른다. 관대한 지구가 없다면 집이 무슨 소용이랴? 땅이 우선이란 이야기다! 자신에게서 위대한 무언가를 믿고 기대한다면 어디에 서고, 무엇을 보여주느냐는 그리 중요하지가 않다. 결국에는 …… 위엄이 주변을 에워쌀 테니까. '지각crust은 소중한 것'이라고 몸소 인정하는 자는 건실하고도 야심찬 어른이다.

— 해리슨 블레이크에게 띄우는 서신(1860년 5월 20일)
《친서Familiar Letters(1865년)》에 수록

어느 땅인지 물을까?

상쾌한 추위가 어느 땅에서 왔는지 물을까?
(추위는) 의무도, 양심도 묻지 않는다
달은 기분 좋은 길을 부리나케 올라가고
멀리 뵈는 천층에서,
별은 냉랭한 빛을 수놓는다.
들은 은은한 빛을 다시 하늘로 보내고,
여기저기 앙상한 수목에는
눈 티끌이 여태 은빛을 낸다.
강둑이 차폐물이 되는 울타리 아래,
박새가 부드러운 꿈을 꾼다,
무더운 여름밤이면 종종
벌은 꽃망울에서 잠을 진다,
저녁이 짐으로 그를 압도할 때도.
적막하고 온화한 밤, 개울가에서,
모험에 사족을 못 쓰는 행인은 들을성싶다
수정이 돌출하며 모양을 갖추는 소리를, 겨울은 천천히
부드러운 여름으로 통치권을 강화한다.

정치인

미국에서 법률에 밝은 천재는 나타난 적이 없다. 세계사를 돌이켜봐도 그렇다. 변사와 정치인과 웅변가는 수두룩했으나, 연사는 시끄러운 현안을 짚어줄 수 있는 사람을 아직 공개하지 않았다. 이렇게 말할 자격이 있을라나 모르겠지만, 1800년간 기록되었다는 신약성경에 법률학의 토대를 마련하기 위해 지혜와 역량을 발휘했던 법률가가 있었는가? 이 같은 열매를 맺었다가도 그것이 익자마자 떨어져버리는 미국도, 필자가 그리던 완벽하고 찬란한 국가의 터를 닦을 테지만 여태 어디에서도 확인되진 않았다. 영웅과 애국자, 순교자 및 개혁가가 그렇듯, 몇 안 되는 사람들은 양심으로 조국을 섬기면서도, 대개는 그에 항거하며 종종 원수 대접을 받기도 했다.

《시민의 불복종》

나를 덕으로 이끌어주오

나를 덕으로 이끌어주오
소박한 진리이자 삶의 법으로 이끌어주오
당신의 명철을 믿을 수 있을 듯싶소.
진리를 즉각 분별하는 지식도 그러하외다.
당신의 능력을 따르겠소. 운명을 걸고 말이오.

'정치'라는 것

정치는 피상적이고 사람냄새가 배지 않은 데다, 내게 관심이 있을지 조차 의문스러운 존재다. 신문은 정치와 정부에 대해 무료로 칼럼을 게재하는데도, 혹자는 신문에 그것만 빠졌다고 이야기한다. 나는 문학을 사랑하고 진실에도 어느 정도 애착을 느껴, 그런 칼럼은 아예 읽은 적이 없다. 분별력을 떨어뜨릴 생각은 추호도 없으니까. 사람의 관심을 끄는 것은 사실, 정치와 일상처럼 사회의 주요 기능과 신체의 그것과 마찬가지로, 무의식적으로 가동되어야 한다. 식물의 생장과 같기 때문이다. 때로는 비몽사몽간에 그것을 느끼기도 하는데, 소화 불량이나 몸이 좋지 않을 때 체기를 의식하는 것과 같은 이치다. 즉, 정치도 사회의 모래주머니와 같아서 티끌과 자갈로 가득 찼으며, 두 정당은 두 반쪽처럼(때로는 넷이 되기도 한다) 서로를 갈아버리기도 한다. 분명 국민과 미국이 소화불량에 걸렸다는 것은 웅변술에서 짐작해봄 직하다. 우리의 삶 역시 망각되는 동시에, 눈을 감은 시간에도 의식하지 말았어야 할 것을 기억하니 오호 통재라! 찬란한 아침을 맞이하면서 악몽을 이야기하지 않고(항상 소화불량은 아니더라도) 서로를 격려하면(이따금씩이라도 왕성한 소화력으로) 어디가 덧나는가? 물론 강권하는 것은 아니다.

《원칙 없는 삶》

자연사랑

농부의 손이 간 밭

농부의 손이 간 밭에
수확철의 달과 가을의 볕이 내리쬔다,
생각은 바람에 떠도는 그루터기 밭같고
10월의 바람처럼 상쾌하다,
추수 뒤에는 내 삶을 거둘 수 있으리라
고생하지 않아도 풍성한 수확을,
화려한 몽상을 맘껏 깁을 것이다
여름의 아지랑이보다 더 섬세한 거미줄로.

콩밭

그동안 밭두둑의 총 길이가 11킬로미터 정도 되게 심은 콩은 김매기를 학수고대하고 있었다. 먼저 심은 콩은 마지막 콩을 심기도 전에 상당히 자랐다. 실은 김매기를 더는 늦출 수가 없었다. 지속적이고도 자존심이 있어야 하는 노동, '헤라클레스의 고난'을 축소해둔 것만 같은 노동이 어떤 의미를 가지고 있는지는 몰랐다. 하지만 콩밭과 그에 심어놓은 콩에 애착을 느끼게 되었다. 내가 기대했던 것보다 훨씬 많았지만 말이다. 콩은 나를 대지에 연결시켰고 안타이오스Antǽus처럼 나는 그에서 힘을 얻었다. 그러나 내가 왜 콩을 길러야 하는가? 오직 신만이 알 것이다. 여름 내내 몰두해온, 신기롭기 짝이 없는 일은 애당초 양지꽃과 검은 딸기 및 물레나물 같이 향기로운 야생과실과 아름다운 꽃만이 자라던 땅에서 이제는 콩이 나오도록 하는 일이었다. 콩에서 무엇을 배우고, 이는 내게서 무엇을 배울 것인가? 나는 콩을 아끼고, 김을 매주고, 아침저녁으로 보살핀다. 이것이 하루 일과다. 널찍한 콩잎은 보기만 해도 탐스럽다. 콩밭을 가꾸려면 조수를 두어야 한다. 마른 땅에 물기를 공급해주는 이슬과 비, 그리고 척박한 땅에 조금이나마 남아있는 생산력이 바로 그것이다. 적이라면 벌레와 서늘한 날씨, 그리고 무엇보다도 우드척을 꼽을 수 있다. 우드척이란 녀석은 1평방 킬로나 되는 콩을 깨끗이 갉아먹었다. 하지만 내게 무슨 권리가 있어 물레나물과 그 외 풀을 솎아내며, 그들이 예부터 이룩해놓은 잡초의 정원을 망가뜨린단 말인가? 이제 남은 콩은 곧 우드척을 당해낼 만큼 커질 테고, 또 다른 적을 맞이하게 될 것이다.

《월든》

여름비

기꺼이 던져버릴 책은 읽을 수가 없다,
페이지마다 생각이 갈피를 잡지 못하니 말이다
꼴이 풍부한 초원아래서는,
방패라도 거리낌 없이 먹어치울 것이다.

플루타르크도, 호머도 훌륭했다,
셰익스피어의 삶도 다시 살만큼이나 풍성했다,
플루타르크가 읽은 것은 탁월하지도 않고 사실도 아니었다,
책이 사람이 아닌 이상, 셰익스피어의 작품도 그러하리라.

여기 호두가지 아래 누워있을 때,
헬라인이나 트로이 성 가운데,
수림의 왕관을 두고 개미들 사이에서
더 정의로운 전투가 재연된다면 어느 편을 좋아하겠는가?

호머에게는 내가 사정을 알 때까지 기다리라고 해야겠다,
빨강이나 검정을 신이 선호한다면,
저편 아이아스가 방진대형으로,
군대를 앞두고 바위를 내던진다면,

셰익스피어에게 여유를 누리라고 말하라,
지금은 이슬방울과 긴히 할 일이 있으니까,

너는 안 보련다. 구름이 소나기를 내릴 모양인데―
하늘이 푸르면 잠깐 그를 만날 참이다.

소가 뜯을 풀과 귀리 밭이 펼쳐져있다
작년인데, 군주보다 더 예리한 솜씨로.
토끼풀은 머리를 얹을 베게요,
제비꽃은 신발위에 솟아있다.

이제 따스한 구름이 모두를 가리고,
다소곳이 불어오는 바람은 다 잘 풀릴 거라고 귀띔한다;
흩어진 빗방울은 드문드문 쏜살같이 떨어진다,
연못과 꽃봉오리에.

흠뻑 젖은 채 귀리 밭에 섰다;
얼핏 보니 천체가 줄기로 굴러간다,
이제는 쓸쓸한 지구처럼 그것이 표류하고는,
옷자락 속으로 가라앉는다.

전국에 심은 수목에 떨어지라,
보기 드문 호화로움이 각 가지에 방울진다;
바람은 홀로 소리를 내며,
잎사귀 밑 수정을 흔든다.

태양은 부끄러운 나머지 모습을 보이지 않으리라,

무엇인들 빛으로 나를 녹일 수 없으랴마는;
물방울진 자물쇠는—꼬마요정이 될 것이다,
녀석은 구슬을 단 코트를 입고 명랑하게 뛰논다.

숲을 걷다

길거리나 사회에서 나는 거의 매일 싸구려 난봉꾼으로 산다. 인생
은 말도 못하게 피폐해졌다. 금이나 존경심으로도 이를 회복할 수
는 없으리라. 의원이나 주지사와의 정찬도 소용없다! 그러나 멀리 뵈
는 숲이나 들, 허세를 부리지 않는 초원이나 토끼가 지나간 목초지에
서, 대개 우울하고 무력한 날, 주민이 선술집을 그리워할 때면, 나는
다시금 꽤 깊은 인연을 느끼고 추위와 고독이 내 친구라는 것을 깨닫
게 된다. 내게 그런 가치는 교회에서 기도로 얻은 것과 같다. 향수병이
도지듯, 쓸쓸한 숲을 거닐고 있다는 것도 느끼게 된다. 그래서 과다
한 것은 처분하고, 아름답고도 웅장한 만상은 있는 그대로 본다. 매
일 반나절을 걷는다고 지인에게 이야기해도 믿지 못하는 듯싶다. 미국
의 매사추세츠 콩코드를 떨쳐버리고도 제정신으로 살았으면 좋겠다.

《일기(1857년 1월 7일)》

연기

가벼운 날개 달린 연기여, 이카로스 새여,
자신의 날개를 녹이며 나는구나
노래 없는 종달새여, 새벽의 전령이여,
마치 마을이 보금자리인 양 그 위를 떠도누나.
떠나가는 꿈인가, 치맛자락 여미는
한밤의 환상 같이 희미한 모습인가.
밤에는 별을 가리고, 낮에는
빛을 어둡게 하며 해를 덮는구나.
향은 이 화로에서 솟으며,
신에게 밝은 화염을 용서해달라고 부탁해다오.

나는 자연을 사랑한다

자연을 사랑하는 까닭은 그것이 사람이 아니라 쉼터이기 때문이다.
사회는 자연을 구속하지도 그에 스며들지도 않는다. 사회는 또 다
른 권리가 지배한다는 이야기다. 자연에서는 희열을 온전히 느낄 수
있다. 세상에 사람만 있다면 기지개도 못 켜거니와 희망도 모두 사라
질 것이다. 내게 사람은 구속이요, 자연은 자유다. 사람은 또 다른 세
상을 꿈꾸게 하나, 자연은 그에 만족하게 한다.

《일기(1853년 1월 3일)》

나는 가을 태양

인간은 때때로 자신에게서 자연을 느낀다
부친이 아니라 모친이 그 안에서 요동친다
그러면 모친과 함께 인간은 불사하게 된다
이따금씩 모친은 힘써 이야기한다
우리가 한 가족이고, 혈구가
어머니의 핏줄에서 우리에게 스며들었다고

나는 가을의 태양,
가을바람과 함께 나는 달린다;
개암나무는 언제 꽃을 피우고,
포도는 언제 그늘 밑에서 익는가?
수확과 사냥꾼의 달은 언제
자정을 정오로 바꿀 텐가?
나는 누렇게 시든다,
부드러운 웅어리에도.
깃대가 숲에서 떨어진다,
겨울이 숲에 숨어있다,
시든 잎사귀가 바삭거리면
위안을 주는 영속적인 음악이 된다.

길들일 수 없는 자연

산을 내려오다가 으레 지나는 이곳이야말로, 누가 뭐라든지, 원시적이고도 길들여지지 않은, 아니 아주 길들일 수 없는 자연이 아닐까 싶다. 일행은 '시커멓게 탄 땅Burnt Lands'을 지나갔다. 최근 화염이 덮었다는 증거는 없지만, 번개에 그을렸을지도 모르겠다. 검게 탄 그루터기가 아니라 무스나 양이 풀을 뜯을 초원에 더 가까웠다. 황량하고 황폐한 데다 목재가 이따금씩 줄지어 있었고, 작은 포플러가 솟아있었으며 블루베리가 여기저기에 깔려있었다. 마치 방목하기 좋은 초원이나 사람이 일부 개간한 토지처럼 왠지 익숙해보였다. 그러나 형제, 자매 혹은 혈족이 이를 조성하고 개간한 역사를 돌이켜보건대, 내가 지나는 꼴을 주인이 방관할 리는 없을 것이다. 사람이 살지 않는 지역은 생각하기가 어렵다. 우리는 대개 인간의 존재를 의식하며 어디에서나 영향력을 발휘했다고 여기니까.

도시에서라도 방대하고, 황량하며 인적이 드문 자연을 본 적이 없다면 순수한 자연은 아직 만나지 못한 것이다. 자연은 아름답지만 끔찍하고도 미개한 것이었다. 자연력이 현장에서 조성한 것과 그에서 비롯된 형태와 양식 및 재료를 보려고, 나는 발길이 닿은 땅에 시선을 두었다. 이는 혼돈과 공허 속에서 창조된 지구였다. 정원은 인간이 가꾸지도, 그의 손이 간 적도 없었다. 잔디와 초원이나 방목지도, 숲도, 목초지도, 경작지도, 매립지도 아니었다. 지구의 신선하고 자연적인 표면이자, 영원까지 이어질 피조물로서 인간의 거처였던 것이다. 자연이 이를 조성했다면 사용은 인간이 할 것이다. 물론 인류는 그와 인연이 없을 운명이었다. 우리가 익히 들었던 대지모도 그가 밟거나 매장될 곳이 아닌, 방대하고 놀랄만한 만상Matter이었다. 아니, 그에 뼈를 들일만큼 친숙한 곳이었으니, 뭐랄까, 필연과 운명의 집이랄까.

　인간에게는 호락호락하지 않은 어떤 힘이 존재하는 듯싶다. 우상이나 미신적인 의식이 있으며, 우리보다는 야생동물이나 바위와 더 가까운 사람이 거주했으리라. 경외심에 젖어 걷다가 이따금씩 블루베리를 따려고 멈추기도 했다. 매콤한 맛이 났다. 콩코드 숲에는 소나무가 서있고, 낙엽이 널브러져있으며, 수확기와 농부가 곡식을 심었다. 그러나 이곳은 인간이 상처를 내지도 않은 데다 하나님이 세상을 창조하기에 적합한 곳으로 구별해둔 표본이었다. 별 표면에 보이는, 그 안의 딱딱한 물질과 비교해볼 때, 특별한 무언가를 보기 위해 박물관에 들어가면 기분이 어떨까? 내가 구속된 몸뚱이도 내겐 낯설게 느껴진다는 것이 경이로울 따름이다.

　나나 몸의 일부인 영혼과 유령 따위는 두려워하지 않지만, 몸은 왠지 두렵다. 몸을 마주할라치면 오금이 저린다. 나를 소유한 이 타이탄Titan은 무엇인가? 미스터리가 아니고 무엇이랴! 자연에 사는 인생을 생각해보라. 바위와 나무와, 뺨을 스치는 바람은 매일 보고 마주치는 것이다! 대지도, 세상도 그렇고, 상식도 그렇다! 접촉하고 또 접촉하라! 우리는 누구인가?

《메인 숲》

자연의 노래

밤과 아침은 내 것이다,
바람의 함정과, 공간의 갈매기,
잘 노는 태양, 볼록한 달,
수많은 나날도 그렇다.

태양의 영광에 숨으면,
널리 울리는 노래에 말문이 막힌다,
급류 가락에 안식하고,
잠이 든 나는 강한 사람이다.

어떤 숫자도 부절을 셀 수 없었다,
어떤 종족도 내 집을 채울 수 없었다,
찬란한, 삶의 기원에 앉아
조용히 폭우를 붓는다;

섬세한 힘이
수세기에 걸쳐 모여서는
희귀한 꽃이 펼치는 경주에서,
분노는 아무것도 잃지 않으리라.

천년의 여름을 거치며
정원은 무르익었다,

일취월장한 별 빛은
더욱 확고한 영광으로 떨어진다.

배역에 맞는 과거를 썼다
바위와 불의 배역을, 두루마리에,
산호해에 지은 건물,
석탄층.

위성과 반지에서 훔친 것과
내가 그린 쪼개진 별들,
소모되고 오래된 것에서
새로운 세상을 창조했다

신은 언제 축제를 배설하는가,
별과 꽃장식한 옷을 입고,
알아보기 힘든 요정과 도마뱀 모양으로
그들은 엄청난 힘을 둘렀다.

시간과 사상은 내 측량사다,
과정을 마련하고,
바다를 끓이고 층을 쌓는다
화강암과 이회토와 조개의 층을.

그러나 영광스런 사내아이인 그는, ─

그동안 어디서 기다리는가?
무재개가 전조를 비추고,
일몰이 미소를 빛낸다.

북녘 빛이 솟구친다,
행성이 앞으로 구른다,
사내아이는 여태 태어나지 않았다,
온전한 것의 최고봉으로.

세월은 영원히 흘러야하는가?
내 바람은 서편에서 잠에 들지 못할까?
내 태양을 돌리는 내 바퀴와
위성은 안식하지 못할까?

숱하게 입고 벗는 동안,
무지개는 아주 느릿느릿 희미해진다,
나는 눈옷에 싫증이 나고,
낙엽과 폭포도 물린다;

천체와 경주도 그렇다,
게임을 너무 오랫동안 했으나;
그가 없는 여름의 수려함은 무엇이며,
얼어붙은, 겨울의 응달은 무엇인가?

그를 위해 나는 고통스레 번민한다,
내 피조물도 고뇌하며 기다린다;
그의 급사는 무리를 지어 오나,
그는 대문으로 들어가지 않는다

형상을 두 차례 지었다,
세 번째도 손을 벌려,
낮과 밤을 각각 하나씩 만들었다
염해모래도 하나 창조했다.

유대인의 말구유도 하나,
에이번 강도 하나,
나일 어귀 위에도 하나,
그리고 아카데미 숲도 하나 지었다

왕과 보좌관도 만들었다,
통치자 위에는 음유시인을; –
그러나 찬란한 영향력은 부족하여,
잔이 가득 차진 않았다

그러나 작열하는 수레를 다시금 돌렸다,
사발도 다시 섞었다;
끓이고 나서 보라! 고대 원소인,
열과 냉기, 건습 및 화평과 고통을

전쟁과 상거래와 신조와 노래를
섞고, 경주를 거듭하며 익히라,
인류는 볕에 그을린 세상을 낳을 것이다
모든 지대와 수많은 나날 가운데.

빛은 희미해지지 않고, 원자는 조금도 닳지 않았다,
가장 오랜 힘은 새것처럼 강하고,
저편에 가시달린 싱그러운 장미는
이슬에 투영된 구부러진 하늘을 반사한다

숭고한 자연

　자연은 내버려둬도 어느 정도는 문명화되고 숭고하게 희열을 느
낄줄 안다. 그러나 도끼가 숲의 끝자락을 침범하는 순간, 자연이
푸르른 둑에 숨겨, 눈에 띄지 않던 죽은 소나무의 사지는 시야에
노출된다.

《와추셋에 가다》

대지

한때는 불모지라 생각했지만
영웅을 낳았다, 그는 황야를 달리며,
바다를 갈고 곡식을 수확했다.

세속적인 자유와 문화에 대립하는, 자연과 절대 자유와 광야를 위해 하고 싶은 말이 있다, ― 인간을 사회구성원보다는 자연의 주민이나 본질로 생각하라.

《산책》

자연은 면밀히 관찰될 것이다. 가장 작은 잎사귀로 눈높이를 맞추고, 곤충의 시야로 평야를 보게 하리라. 자연에는 틈새가 없고 생명으로 가득하다.

《매사추세츠의 자연사》

우리가 만물을 활용할 줄 안다면 자연이 풍성해보이지도 않고, 정말 많은 것도 그렇게 느껴지지 않을 것이다.

《일기(1853년 1월 11일)》

入唎

비문

세상의 몸뚱이가 여기 누워있다,
안타깝게도 그의 영혼은 지옥에 던져졌다
한창 젊은 시절은 오래 전에 지났고
노년기도 순식간에 지나갔다,
철기시대도 마침내 흘러갔다;
저주받은 운명을 두고
어느 해에 죽었고, 언제 부활할지
말해야 무엇하랴?
우리가 아는 사실은 그것이 여기에 누워있다는 것뿐

소박함

 야만인은 무지와 안일과 게으름으로 '단순하게' 살지만 철학자는
지혜로 '소박하게' 산다.

《일기(1856년 1월 5일)》

사람들은 많은 걸 안다고 장담하지만

사람들은 많은 걸 안다고 장담하지만
보라! 그것에는 어느 새 날개가 돋쳤다.
예술과 과학이

수천 가지 기기도 마찬가지다;
불어오는 바람은
누구나 안다

천재

사람이 천재성의 희미하면서도 끊임없는 제안에 귀를 기울인다면, 처음에는 그것이 어떤 극단이나 심지어는 미친 짓으로 이어질지 모른다는 생각이 들 것이다. 하지만 결심과 신념이 점차 굳어지면 자기가 걸어갈 길이 그쪽 방면이라는 것을 알게 된다.

건실한 사람의 확실한 반대는 처음에는 미미하지만 나중에는 인류의 주장과 관습을 극복하게 된다. 자신의 천재성을 따르는 사람은 잘못된 관행에 빠지지 않는다.

육식을 그만둔 결과, 체력이 감퇴된다 해도 낙심할 필요는 없다. 그것이 좀더 원대한 원칙에 부합한 삶이니까. 낮밤을 기쁘게 맞이할 수 있다면, 인생이 꽃이나 방향초처럼 향기가 나는 데다, 탄력적이며, 별처럼 빛나며, 좀더 불멸에 가깝다면 성공은 따 놓은 당상일 것이다.

그때는 자연이 우리를 축하하며, 매사에 축복할 이유가 생길 것이다. 최대 소득과 가치는 제대로 평가되는 일이 매우 드물다. 그런 것이 정말 있기나 한 건지 의심도 잘하고 잘도 잊어버린다. 하지만 그야말로 최고의 실체가 아닐까 싶다. 가장 놀랍고도 진실한 여러 사실은 사람과 사람에게는 결코 소통되지 않는 듯싶다. 내가 일상에서 거두어들인 참다운 결실은 아침과 저녁의 빛깔처럼 만질 수도, 표현할 수도 없는 것이다. 이는 내 손에 잡힌 작은 별가루이자 무지개의 한 조각이니까.

《월든》

따스한 구름이

이제 따스한 구름이 모두를 가리고,
다소곳이 불어오는 바람은 다 잘 풀릴 거라고 귀띔한다;
흩어진 빗방울은 드문드문 쏜살같이 떨어진다,
연못과 꽃봉오리에.

흠뻑 젖은 채 귀리 밭에 섰다;
얼핏 보니 천체가 줄기로 굴러간다,
이제는 쓸쓸한 지구처럼 그것이 표류하고는,
옷자락 속으로 가라앉는다.

전국에 심은 수목에 떨어지라,
보기 드문 호화로움이 각 가지에 방울진다;
바람은 홀로 소리를 내며,
잎사귀 밑 수정을 흔든다.

태양은 부끄러운 나머지 모습을 보이지 않으리라,
무엇인들 빛으로 나를 녹일 수 없으랴마는;
물방울진 자물쇠는—꼬마요정이 될 것이다,
녀석은 구슬을 단 코트를 입고 명랑하게 뛴다.

소박한 삶

  지혜를 사랑하는 사람은 가장 고매한 소양을 키우는 데 우선순위를 두고, 파종과 제직과 건축 등에는 가급적 시간을 덜 쓴다. 수준에 따라 다르겠지만, 일정 수준의 교육을 이수하려는 경찰에게는 육체노동이 요구된다. 소박한 스타일은 미개인에게는 어울리지 않는다. 그는 인생의 사치를 누리는 것보다 더 악한 일을 하기 때문인데, 반면, 철학자는 사치보다 더 나은 일을 하니 그들에게는 유익할 것이다. 결국 자유를 품을 수 있느냐가 중요하다. 흑인이든 백인이든, 사람들은 대부분 자신을 영원히 노예로 전락시킬 노동수칙을 요구한다. 아일랜드 사람은 한나절 삽질을 하지 않으면 술을 마셔가며 싸움질을 해댈 것이나, 철학자에게는 똑같은 규율이 필요치 않다. 한나절 삽질만 하면 그에게서 고매한 영감은 얻을 수가 없으니 말이다. 따라서 간소함에는 미련과 같은 '단순함'과 지혜와 같은 '소박함,' 두 종류가 있다.

《일기(1853년 1월 1일)》

책

영웅서

학생이 그리스어로 된 호머Homer나 아이스킬로스Æschylus를 읽어도 사치나 무절제에 빠질 염려는 없다. 책을 읽는 동안 그에 등장하는 영웅을 어느 정도는 본받으려고 노력할 테고, 또 아침 시간을 독서로 보낼 테니까 말이다.

영웅을 그린 책들은 비록 모국어로 인쇄되었지만, 타락한 시대에 사는 사람에게는 사어처럼 잘 이해되지 않을지도 모르겠다. 그래서 우리는 '지혜'와 '용기'와 '관용'에도 일상적인 용법이 허용하는 것보다는 더 큰 의미를 부여해가며 단어 하나, 문장 하나의 뜻을 열심히 찾아야 할 것이다.

오늘날 저렴한 대량 출판이 자리를 잡아 많은 번역물이 나오고 있지만 영웅을 그린 옛 작가들에게 우리를 조금이라도 더 가까이 인도하지는 못하고 있는 실정이다. 그들은 과거나 다름없이 외로워 보이고, 그들의 책이 인쇄된 글자는 아직도 진귀하고 신기하게 느껴진다.

젊은 날의 소중한 시간을 바쳐 몇 마디나마 고전 어휘들을 연구하는 것은 가치가 있는 일이다. 어휘들은 거리의 천박함을 넘어 여러분에게 영원한 암시와 자극을 줄 것이다. 농부가 자신이 주워들은 라틴어 몇 마디를 기억하고 되뇌는 것은 결코 쓸데없는 일이 아니다. 때때로 사람들은 고전 연구가 현대적이고 실용적인 학문에게 자리를 내줄 것이라고 말하지만 연구하는 학생은 그것이 어떤 언어로 쓰였고 얼마나 오래되었든 늘 고전을 공부할 것이다. 고전이란 인류의 가장 고귀한 생각을 기록한 것이 아니면 무엇이겠는가? 고전은 사라지지 않고 남아있는 유일한 예언으로, 가장 근대적인 질문을 두고는 델포이Delphi나 도도나Dodona가 제시할 수 없는 해답이 들어있다. 고전 연구를 그만두는 것은 자연이 낡았다고 해서 연구를 그만두는 것이나 다름없다. 열심히 책을 읽는 것, 다시 말해, 진정한 책을 그에 걸맞은 정신으로 읽는 것은 고귀한 '운동'이며, 오늘날의 풍조가 존중하는 어떤 운동보다 독자에게 힘을 실어주는 운동이다. 그러려면 운동선수가 받는 것과 같은 훈련과, 평생 꾸준한 자세로 독서하려는 마음가짐이 있어야 한다.

책은 처음 쓰였을 때와 같이 의지를 갖고 신중히 읽어야 한다. 책에 쓴 언어를 말할 수 있는 것만으로는 부족하다. 구어와 문어, 청자 및 화자의 언어에는 상당한 간극이 있기 때문이다. 전자는 대개 일시적인 것으로, 하나의 소리, 하나의 혀나 방언에 불과한데, 우리는 이를 동물처럼 무의식적으로 모친에게서 배웠다. 반면, 후자는 전자가 성숙하고 경험이 축적되면서 이루어진 말이다. 전자가 '모친의 말'이라면 후자는 '부친의 말'이며, 신중하고 선택된 표현이다. 이는 단순히 귀로 듣기에는 의미가 매우 깊은 데다, 입으로 이를 말하려면 다시금 태어나야 한다. 중세에 우연히 그 나라에 태어났다고 해서 그리스어와 라틴어를 말할 줄 알던 사람들에게 이 언어로 쓰인 천재적인 작품을 읽을 자격이 있었던 것은 아니다. 작품은 그들이 아는 그리스어나 라틴어로 쓰인 것이 아니고 선별된 문학 언어로 쓰였기 때문이다. 그들은 그리스나 로마의 고매한 방언을 습득하지 않았다. 그러니 이 방언으로 쓰인 책은 무용지물일 뿐이었다. 그들은 당대의 저질 문학을 더 높이 평가했다.

《월든》

결정적인 결함

뺨을 스치는 바람은 꾸물거리는 발명품이 전하는 이윤과 행복을 실어 나른다. 이 책의 결정적인 결함은 천박한 위안과 쾌락만을 최대한 보장한다는 것이다. 무함마드의 천국을 그리면서도 기독교의 천국에 근접했다고 생각하면 돌연 멈춘다. 그러면 우리는 별 차이가 없으니 구별하지 않은 것으로 믿는다. 분명 바깥세상의 삶을 온전히 개혁하려면 내면의 의무도 빼놓아선 안 될 것이다. 온전한 본성을 활용하고 나서, 무엇을 해야 할지 묻는 것은 새에게 '둥지를 짓고, 새끼를 기를 때 무엇을 할지' 묻는 것만큼이나 허무한 질문이 될 것이다.

도덕은 의당 먼저 개혁해야 하고, 그 뒤로는 다른 필요가 자리를 차지하게 되리라. 그럼 우리는 그 힘만으로 항해도 하고 쟁기도 쓸 것이다. 습지를 메우고, 파도를 잔잔케 하며, 하이에나를 길들이며, 쾌

적한 환경을 조성하며, 땅을 다각도로 활용하며, '단물'로 이를 정화하는 데 역학계the Mechanical System보다 더 빠른 방법은 엄정하고 진솔한 행동의 힘을 이용하는 것이다. 정원이 필요한 때는 그리 많지가 않다. 의인이라면 장래를 위해, 혹은 과수와 꽃을 기르고 표류하는 섬과 낙원을 건설하기 위해 굳이 산을 깎을 필요는 없을 것이다. 산 뒤편에 눕는 것보다 더 좋은 꿈을 그리고 있을 테니까. 천사가 다니는 곳은 천국이요, 사탄이 다니는 곳은 타는 이회토와 숯덩이가 될 것이다. 비슈누 샤르마Vishnu Sharma가 무엇이라 했는가? "마음이 느긋한 자는 모든 것을 가진 자다. 땅이 전부 가죽으로 덮인 것이나, 발이 신발에 둘러싸인 것이나 매 한가지 아닌가?"

《복락원》

보화책

교활한 평판을 광택이 흐르는 잎사귀로 치장했다,
각자는 시인의 세계를 잇는 창이다,
장래가 유망하니 이렇게 생각할 것이다
그토록 좁은 공간에도 낙원이 펼쳐졌구나
유쾌하고 곧은길이다
녹음이 짙은 무성한 초원을 행진한다
그것은 산과 골짜기로 인도하며, 이리저리,
음유시인사이에서 간편한 무대를 만든다
어디서든, 나는 곧 갈증을 해소한다
시인의 우물에 들른 곤한 관광객처럼,

비옥한 땅에서 거품이 이글거리는 우물,
그제야 딸랑이가 페이지 아래로 떨어졌다
잎사귀에서 음악이 들릴지도 모른다,
내년 봄이 귀에 흐릿하게 닿기까지

기꺼이 던져버릴 책은 읽을 수가 없다

기꺼이 던져버릴 책은 읽을 수가 없다,
페이지마다 생각이 갈피를 잡지 못하니 말이다
꼴이 풍부한 초원아래서는,
방패라도 거리낌 없이 먹어치울 것이다.
플루타르크도, 호머도 훌륭했다,
셰익스피어의 삶도 다시 살만큼이나 풍성했다,
플루타르크가 읽은 것은 탁월하지도 않고 사실도 아니었다,
책이 사람이 아닌 이상, 셰익스피어의 작품도 그러하리라.

여기 호두가지 아래 누워있을 때,
헬라인이나 트로이 성 가운데,
수립의 왕관을 두고 개미들 사이에서
더 정의로운 전투가 재연된다면 어느 편을 좋아하겠는가?

호머에게는 내가 사정을 알 때까지 기다리라고 해야겠다,
빨강이나 검정을 신이 선호한다면,

저편 아이아스가 방진대형으로,
군대를 앞두고 바위를 내던진다면,

셰익스피어에게 여유를 누리라고 말하라,
지금은 이슬방울과 긴히 할 일이 있으니까,
너는 안 보련다. 구름이 소나기를 내릴 모양인데—
하늘이 푸르면 잠깐 그를 만날 참이다.

소가 뜯을 풀과 귀리 밭이 펼쳐져있다
작년인데, 군주보다 더 예리한 솜씨로.
토끼풀은 머리를 얹을 베게요,
제비꽃은 신발위에 솟아있다.

독서

직업을 좀더 신중하게 고른다면 누구나 본질적으로는 연구원이나 관찰자가 되려할 것이다. 자신의 본성과 운명을 두고는 다들 관심이 많을 테니까. 우리 자신과 후손을 위해 재산을 모으고, 가문이나 국가를 창설하고, 명성까지 얻는다 해도 결국 사람은 죽게 마련이다. 하지만 진리를 다루면 불멸의 생명을 얻게 되어 변화나 재난을 두려워 하지 않아도 될 것이다. 가장 오래 전에 이집트나 힌두 철학자는 신상에서 베일의 한쪽을 올렸다. 떨리는 옷은 지금도 들쳐져있으며, 그가 응시했던 영광은 아직도 눈에 선하다. 일찍이 그처럼 대담하게 베일을 올린 사람은 철학자의 내면에 있던 나 자신이었고, 오늘 그 광경을 다시금 그려보는 사람은 내 안의 옛 철학자이기 때문이다. 그 옷에는 아직도 티끌 하나 내려앉지 않았다. 신의 정체가 탄로 난 이래 시간은 멈추어있었기 때문이다. 우리가 진정 승화시키거나, 그럴 수 있는 시간 은 과거도, 현재도, 미래도 아니다.

《월든》

옛날 옛적, 헤엄치는 오리나무

옛날 옛적, 헤엄치는 오리나무가
무례한 꼬락서니로, 가지를 내치고는 부드러운 모피를
벗어던졌단다, —
스러진 나무가 없는 곳, 잔물결을 일으키는 개천의
방대한 폭은 과감한 도약을 금했다,
건장한 젊은이는 아주 먼 해안에 마음을 졸이지 않았다.
책은 떠났고,
그와 함께 현장도 사라졌다,
소싯적
떠올리고픈 생각이다;
책이 이야기한 흥미로운 사건 가운데,
옛 뉴욕의 지혜로운 3인이 어떻게
우묵한 데서 바다로 뛰어들었는지, —
그러고는 희미하게나마 운명의 실마리를 던진다.
사람이 마인강더러

나약한 돛단배에 타라고 부추긴다면 빨래 통도 되지 않을까,
반죽통은? 타원형 탁자는 안 될까? ─ 잔잔한 파도를
건너는 것으로 만족해야 할까? 어차피 운명의 항구에 도달할 테니까

거처

　나의 거처는 명상도 하고 진지하게 독서도 하는 곳으로, 여느 대학
보다 훌륭했다. 그곳에는 흔한 순회도서관도 오지 않았지만, 온 세
상에 확산된 책 몇 권의 영향력 가운데서 여느 때보다 더 깊이 젖어들
었다. 애당초 나무껍질에 기록된 책들은 지금도 아마포로 만든 종이
에 이따금씩 인쇄되고 있을 것이다. 시인 미르 가마르 웃딘 마스트Mr
Carnar Uddin Mast에 따르면, "책에는 가만히 앉아서도 정신세계를 돌아
다닐 수 있는 이점이 있다. 한 잔 술로 기분 좋게 취하는 기쁨은 심오
한 교리라는 술을 마셨을 때 맛볼 수 있다"고 한다. 여름 내내 호머
의 《일리아드》를 책상 위에 두었다. 하지만 책장을 자주 들추진 못했
다. 집을 짓고, 콩밭에서 김을 매는 등, 할 일이 끊이질 않아, 애당초
진지한 독서는 불가능했던 것이다. 앞으로는 독서 시간이 많아질 거
라는 데 위안을 삼았다. 일할 때도 틈틈이 얇은 견문록을 한두 권 읽
었는데, 얼마 후에는 자신이 부끄러운 나머지 도대체 내가 어디에 사
는지 자문해보았다.

《월든》

자연사를 쓴 책은 겨울에 읽으면 참 좋다. 눈 덮인 땅, 오듀본 Audubon에서 책을 읽을 땐 목련과 플로리다 키스Florida keys 섬과, 따스한 바닷바람과, 철도와 사시나무와, 쌀먹이새와, 한풀 꺾인 래브라도 Labrador의 겨울과, 해동하는 미주리 분지를 보니 기분이 날아갈 듯했다. 풍성한 자연을 회상하면 건강이 날로 좋아진다.

《매사추세츠 자연사》

사랑

옛날 행성이던 우리 둘은
마침내 두 별이 되었네,
천체에서는 보일라나,
어딘가에 자리를 잡았지만
미묘한 힘에 휩쓸려,
새로운 공간에 들어간다,
천체의 노래로 영원히
중심을 공전한다

《월든》

산책

산책의 즐거움

지금껏 산책의 묘미를 이해하는 사람, 이를테면 산책에 천부적인 소질을 가진 사람을 한두 명밖에 만나지 못했다. 산책이란 "중세 아이들이 '세인트 테레Sainte-Terrer가 간다!' 라며 소리칠 때까지 순지순례자 노릇을 하며 시골 곳곳에서 구걸하던 한량"에서 기원을 찾을 수 있다. 물론 그들은 성지에는 가지 않았고 게으름뱅이 떠돌이에 불과했다. 그러나 정말 성지를 순례한 이들은 좋은 의미에서 내가 생각하는 보행자였다.

'산책'이 집이나 땅이 없다는 의미의 상 테레sans terre에서 비롯된 것이므로, 정해진 집이 없지만 어디서나 안락함을 느끼는 것을 긍정적인 의미의 산책이라고 여기는 이들도 있다. 그것이야말로 산책다운 산책의 비결이기 때문이다. 따라서 집안에만 앉아있는 사람이 가장 위대한 방랑자일 수도 있지만, 바다에까지 이르는 최단거리를 부단히 흐르는, 굽이치는 강이 그렇듯, 긍정적인 의미의 산책가는 방랑자라 할 수 없다.

필자는 전자의 설명을 선호하는데, 실은 그것이 가장 설득력이 있기도 하다. 산책은 모두 내면의 은둔자 베드로Peter the Hermit의 설교에 따라 전진하며 이교도의 손아귀에서 성지를 탈환하는 거룩한 전쟁과도 같기 때문이다.

《산책》

말버러의 옛길

그들이 돈을 캤으나,
아무것도 찾지 못한 곳;
마일스 부대와
일라이자 우드가
단독으로 행진한 곳에서
나는 무가치한 것을 두려워한다:
미개한 습성을 지닌
엘리샤 듀건 외에
어떤 이도,
메추라기와 토끼는
아무런 관심도 없고
혼자 살려는 생각에
덫을 놓을 뿐,
뼈 가까이와
삶이 달콤한 곳에서는
네가 영원히 먹을 것이다.

봄이 여행 본능을 자극하며
내 피를 휘저을 때,
말버러 옛길에서
자갈을 충분히 얻을 수 있다
누구도 이를 수리할 수 없다,
아무도 입을 수 없으니까;
기독교인들이 말하듯,
그것이 바로 삶의 수단이다
그리 많진 않다
안에 들어갈 위인은,
아일랜드 사람 퀸의
손님만이 들어간다
방향도 없는 데다
어디든 갈 수 있는 것도 아닌
그곳은 도대체 무엇인가, 무엇이란 말인가?
커다란 돌 안내판은 있으나,
나그네는 전혀 없다;
도시의 기념비는
그들의 면류관에 이름이 새겨졌다
어디에 있게 될지
아는 것도 중요하다
어떤 왕이 그리 하였다는 것이,
여전히 의문이다;
시기와 방법과

행정의원은 누구를 세웠는가,

조르가스인가 리인가, 클라크인가 다비인가?

그들은 영원한 무언가가 되기 위해

노력한 탐험가였다;

아무것도 쓰지 않은 돌판에서,

나그네가 신음한다,

한 문장에는

무덤이 알려진다

다른 이가 읽을지도 모른다,

몹시 필요할 때

내가 아는 건

필요한 한두 줄,

온 땅에 설지 모를

문학은

내년 12월이 오기까지

사람이 기억할 수 있으며

봄이 오면

해빙 뒤 다시 찢어질 것이다

펼쳐진 몽상과 함께

거처를 떠난다면,

세계를 일주할 것이다

말버러 옛길로

최고의 대지

개인의 사유지는 부근에서 가장 좋은 땅은 아니다. 누군가 풍경을 소유하는 것이 아니기에 비교적 자유롭게 산책을 즐길 수 있다. 그러나 언젠가는 이 땅도 유원지로 구분하여 일부 사람만 독점적으로 누리게 될 것이다. 울타리가 늘고 침입자를 막는 덫 같은 여러 장치가 제작되어 사람들은 공공 도로로만 다니게 될 것이다. 그러면 신의 땅을 산책하는 것이 신사들의 땅을 침범하는 일로 여길 것이다. 무언가를 독점적으로 즐기다보면 진정한 희열은 얽게 마련이다. 그런 불행한 날이 이르기 전에 기쁨을 누릴 기회를 늘려보자.

《산책》

숲과 초원을 다시금 깨우다

이제 태양은 언덕을 두루 비추고
서편 초원 아래로 떨어진다
마침내 그가 일어나 푸른 망토를 잡아당긴다
내일 숲과 초원을 다시금 깨우려고

발길을 어디로 돌릴까?

산책을 하려고 집을 나섰지만 마땅히 발길을 어디로 돌려야 할지 확신이 서지 않을 때 필자는 직감으로 결정을 내린다. 기묘한 말처럼 들릴지도 모르겠지만, 그러면 발길은 결국 남서쪽의 어느 숲이나 들판, 인적이 없는 초원이나 언덕 등으로 향하게 된다. 바늘이 방향을 가리키는데 각도도 약간씩 달라져 정남서 방향을 가리키는 것도 아니다. 이처럼 변화무쌍한 데는 이유가 있지만 바늘은 언제나 서편과 남남서편 사이에서 방향을 잡아준다. 미래는 그쪽에 있으며, 땅도 그쪽이 더 비옥하고 활기차 보이기 때문이다. 산책로를 그리면 원이 아니라 포물선이 될 것이다. 귀환점이 없는 활모양의 혜성 궤도가 될지도 모르겠다. 그럴 경우라면 서쪽이 뚫려있고, 나의 집은 태양의 자리를 차지하게 된다. 때때로 15분간 주저하며 이리저리 방향을 바꾸다가 1000번째에 드디어 남서쪽이나 서쪽으로 방향을 정한다. 웬만하면 동편은 가지 않지만, 서쪽은 언제나 자유의지에 따라간다. 그러나 무슨 볼 일이 있어 그리로 가는 것은 아니다. 동쪽 지평선 너머에는 아름다운 경치나 야성 및 자유를 만끽할 수 있겠다 싶은 기대감이 들지 않기 때문이다.

동쪽으로 산책할 생각을 하면 영 내키지가 않는다. 그러나 서쪽 지평선의 숲은 일몰을 향해 탁 트였고 숲에 나를 방해할 만큼 커다란 마을이나 도시도 없을 듯싶다. 이쪽엔 도시가 있고 저쪽엔 광야가 있을 때, 필자가 원하는 곳에서 살게 된다면 아마 도시에서 멀어져 광야 속으로 들어갈 것 같다. 이를 강조하는 까닭은 그것이 우리나라 국민의 지배적인 성향이라고 확신하기 때문이다. 따라서 나 역시 유럽이 아닌 오리건Oregon 쪽으로 걸어갈 참이다. 게다가 우리나라도 이쪽으로 이동 중이며, 인류도 동에서 서쪽으로 전진하고 있지 않을까 싶다. 몇 년간 우리는 호주의 정착 과정에서 남동쪽으로 이동하는 현상을 목격했다. 그러나 이를 역행적인 움직임으로 보고 있다. 물론 호주인 1세대의 도덕/신체적 특성으로 판단하자면 아직 실험으로 입증된 것은 아니다. "거기가 바로 세상의 끝자락이고, 그 너머는 온통 바다뿐이다." 즉, 그들이 사는 곳은 완전한 동쪽이라는 것이다.

《산책》

아름다운 지식

'유익한 지식보급회(Society for the Diffusion of Useful Knowledge, 1828년에 설립된 단체로, 노동자나 중산층 중 교육을 받지 못하거나 독학을 선호하는 국민에게 지식을 전달한다—옮긴이)'를 들어본 적이 있을 것이다. 그들은 '아는 것이 힘'이라고 주장하나, 필자는 '유익한 무지보급회Society for the Diffusion of Useful Ignorance'도 필요할 듯싶다. 여기서 '유익한 무지'란 아름다운 지식이라 부르는, 좀더 높은 차원의 의미에서 유익한 지식을 일컫는다. 우리가 자랑스레 여기는 지식이 대개는 실용적인 이점을 빼앗는 자만에 불과하기 때문이다. 지식이라는 것은 긍정적인 무지를, 무지라 불리는 것은 부정적인 지식을 가리킨다. 우리는 오랫동안 공부하고 신문을 읽은 덕택에(학술서도 신문을 정리해놓은 것에 불과하지 않은가?) 수많은 사실을 기억 속에 저장한다. 그러다가 어느 봄철이 되면 사색의 들판을 걷는다. 마구는 전부 마구간에 두고 말처럼 풀밭으로 나가는 것이다. 때때로 '유익한 지식보급회'에 해두고 싶은 말은 "풀밭으로 가라"는 것이다. 건초는 충분히 먹었으니까. 녹색식물과 함께 봄이 왔다. 소도 5월이 다 가기 전에는 목초지에 간다. 소는 헛간에 두고 1년 내내 건초만 먹이는 별난 농부도 있다는데, '유익한 지식보급회'도 종종 소를 그렇게 대접한다.

《산책》

감미로운 미풍

감미로운 미풍이 은밀히 방랑하며,
폭풍이 이는 로이라강 주변의 엉겅퀴를 구부린다,
나그네여, 바람이 잦은 협곡을 지나면서,
왜 내 귀에서 그리도 일찍 떠났는가?

난 외롭지 않다

혼자 서있지만,
외롭지 않다
둘 이상이 모여 있으니까,
졸부는 항상 외롭다

의도가 선하면
내 뜻을 이해할 것이다
순복하는 자에게
진리는 칭찬할 바를 찾는다

대지를 껴안다

우리는 대지를 껴안지만 산은 매우 드물게 오른다! 하지만 산을 좀더 올라야 할 것 같다. 그게 곤란하면 나무에라도 올라보자. 나도 그런 적이 있는데, 현장에서 많은 것을 배웠다. 언덕에 있는 커다란 백송이를 오르다가 몇 번이고 곤두박질했지만 그만한 보람은 있었다. 수평선에서 여태 보지 못한 새로운 산을 발견했기 때문이다. 그야말로 별천지였다. 지금껏 나무 발치만 돌아다녔다면 그런 산은 찾지 못했으리라. 그런데 무엇보다도, 6월 말경, 꼭대기 가지 끝에서 하늘을 우러러보고 있는 작고 섬세한 원추형의 붉은 송화꽃을 발견한 것이 가장 인상적이었다. 꼭대기의 가지를 곧장 마을로 가져가 지나가던 배심원과(법정이 개최되는 주간이었다) 농민과 목재상과 벌목꾼 및 사냥꾼에게 이를 보여주었다. 구경 한번 못해 본 모두는 하늘에서 떨어진 별이라도 되는 듯 신기하게 쳐다보았다. 잘 보이는 아래편과 마찬가지로 잘 안 보이는 꼭대기 기둥 끝부분도 완벽하게 처리하는 건축술이 있다면 내게 귀띔해보시라! 자연은 애당초 머리 위로 눈에 띄지 않게 하늘만을 향하여 작은 꽃들을 피워왔다. 초원에서는 발아래 핀 꽃만 보나, 백송이든, 적송이든 소나무는 수세기에 걸쳐 여름마다 꼭대기 가지에 아주 고운 꽃을 피워낸다. 그런데 신기하게도 농부나 사냥꾼들은 이를 보지 못한다.

《산책》

낮게 깔린 구름

낮게 깔린 구름,
뉴펀들랜드의 바람,
수원과 강의 원천,

이슬로 짠 천과 꿈으로 된 커튼,
그리고 요정이 펼친 냅킨;
바람이 표류하는 초원에,
데이지와 제비꽃이 만발했다,
소택지의 미궁에서
알락해오라기는 극성맞게 울어대고, 왜가리는 점잖이 걷는다;
호수와 바다와 강의 기운은,
약초의 향료와 향기만
인간의 들에 담아두었다!

스펄딩의 농장

얼마 전 오후, 스펄딩Spaulding 씨의 농장을 거닐었다. 일몰중인 해가 웅장한 소나무 숲의 맞은편을 비추었다. 황금빛 햇살이 어느 저택의 복도로 들어가듯, 나무 사이에 퍼졌다. 마치 고래의 찬란한 가문이 나도 모르는 사이에 콩코드라 불리는 곳에 정착하여, 태양이 그의 하인이 된 듯싶었다. 마을에 가서 주민과 어울리지 않고, 놀러오는 사람도 없는 그들을 위해서 말이다. 필자는 숲 너머 스펄딩 씨의 크랜베리 밭에서 그들의 정원 및 놀이터를 보았다. 그들이 커가는 동안 소나무가 벽인 양 바람을 막아주고 있었다. 나무가 그들의 집을 '들쑤시며' 자란 탓에 집은 분명히 보이진 않았으나, 웃음을 참으며 기분 좋게 수다를 떠는 소리를 들은 것 같기도 하다. 그들은 햇볕을 쬐며 누워 있었고 아들딸을 두었다. 현관을 잇는 농부의 마찻길도 그들을 몰아내지는 못했다. 물에 비친 하늘에서 연못의 진흙 바닥이 선명하게 떠오르는 것처럼 말이다. 그들은 스펄딩 씨를 들은 적도 없고, 그가 이웃이라는 사실도 모르고 있었다. 그러나 나는 수레에 그가 동물 한 떼를 매달고 집을 나오면서 부는 휘파람 소리를 들었다. 평온한 삶은 무엇과도 족히 비교할 수 없었다. 단지 이끼가 그들의 문장이었다. 소나무와 떡갈나무에 그려진 문장이 보였다. 다락방은 나무 맨 꼭대기에 있었다.

그들은 정치에는 관심도 없었거니와, 일하는 소리도 들리지 않았다. 천을 짜거나 물레를 돌리는 것을 본 적도 없다. 하지만 바람이 잠잠해져 멀리까지 소리가 울려 퍼질 때면, 부드럽게 퍼지는 아름다운 소리가 분명히 들렸다. 5월에 벌통에서 들리는 듯한 소리지만 이는 그들이 생각하는 소리였으리라. 한가로운 몽상도 하지 않았으나 누구도 그들이 일하는 모습을 볼 수 없었다. 근면이 옹이나 돌기처럼 모양새가 드러나는 것은 아니기 때문이다.

《산책》

가장 소박한 걸음

따라서 사사로운 산책을 두고도 인류의 일반적인 움직임에 뜻을 같이 해야 한다는 것이 얼마나 중요한 일이며, 그것이 인간의 개성을 얼마만큼 입증해주는지는 잘 모른다. 그러나 날짐승과 들짐승의 귀소본능과 비슷한 어떤 것(예컨대, 다람쥐)은 매우 불가사의한 습성을 불러일으킨다. 혹자에 따르면, 다람쥐는 아주 넓은 강도 꼬리를 돛처럼 치켜세워 각각 정해둔 나무토막을 타고 건너가는가 하면, 폭이 좁은 개울은 종족의 사체를 다리삼아 건넌다고 한다. 봄에 집에서 기르는 소에게 미치는 흥분상태나, 꼬리털 속에 있는 벌레를 둘러싼 무언가가 이따금씩, 혹은 매년 민족과 개인에게 모두 영향을 미친단다. 필자의 마을에서는 기러기가 꽥꽥 울며 나는 법이 없지만, 녀석 탓에 부동산의 가치가 어느 정도 동요하고 있다. 내가 부동산 중개업자라면 그런 소란까지도 감안했으리라.

순례를 떠나는 열의에 찬 사람들,
종려나무 잎사귀를 들고 낯선 땅을 찾아 나선다

일몰을 볼 때마다 해가 지는, 아득하고 아름다운 곳으로 떠나고 픈 마음이 솟구친다. 해는 매일 서쪽으로 이동하며 마치 자신을 따르라고 유혹하는 듯싶다. 태양은 서방세계의 위대한 개척자the Great Western Pioneer로, 열방이 이를 따른다. 지평선의 산마루가 햇빛에 마지막 금빛을 발하고 사라지는 기운에 불과해도, 우리는 밤새도록 그 산마루를 꿈꾼다. 아틀란티스를 비롯한 군도와, 지상낙원 같은 헤스페리데스Hesperides 정원은 신비와 시에 감싸인, 선조들의 이상적인 서부였던 것 같다. 일몰의 하늘을 볼 때면 헤스페리데스의 정원과 신화의 기원을 모두 그리게 되지 않을까?

《산책》

미국식 마인드

이는 용기를 주는 증언이다. 유럽보다 여기 달이 더 커 보인다면 해도 그럴 것이다. 아메리카 대륙의 천공이 정말 끝없이 드높고, 별도 더 밝다는 것은 대륙인의 철학과 시 및 종교의 위상이 언젠가는 높아지리라는 것을 상징한다. 결국 미국인의 정신에 담긴 비물질적인 하늘도 실제 하늘만큼 높아지고, 이를 비추는 별도 더 밝게 빛날 것이다. 산바람에 영혼을 살찌게 하고 영감을 불어넣는 무언가가 있듯, 환경은 이런 식으로 인간에게 영향을 줄 것이다. 여기서 인간은 신체적으로나 지적으로 더욱 완벽하게 성장하지 않을까 싶다. 안개가 낀 날이 인생에는 별로 중요치 않은 걸까?

내 생각이지만, 상상력이 풍부해지고 생각도 하늘처럼 또렷하고 신선하며 초월적으로 변하고, 이해력도 초원처럼 포괄적으로 넓어지며, 천둥과 번개, 강과 산, 그리고 숲처럼 지성도 전체적으로 더욱 웅대해지면, 가슴도 해안처럼 더 넓고 깊은 데다 위대해질 것이다. 그러면 나 그네들은 우리 얼굴에서 밝고 고요한 마음을 유도하는, 뭔지는 잘 모르겠지만, 그 무언가를 발견하리라. 그렇지 않다면 세상이 왜 전진하며, 무슨 이유로 아메리카가 발견되었겠는가?

미국인에게 이런 말은 필요 없겠지만,
"제국의 별은 서쪽으로 나아간다네."

이 나라의 미개척지에 사는 사람보다 낙원의 아담이 훨씬 좋은 환경에서 살았다고 치부한다면 진정한 애국자로서 부끄러운 일일 것이다.

《산책》

영웅

그가 무엇을 주문하는가?
가치 있는 일이다.
완수하기 전에는
달리지 마라,
해 아래에선
이룰 수 없다
여기서 시작이다
노력해서
모두를 얻으라
영원무궁토록 –
행복하고 잘 살라
이 땅에서
대지는 식물을
정복하고 소생시킨다.
혼신을 다해
건강과 정력을 되찾으라
그의 빈약함에

정력을 주라
고통이 극에 달해도
그는 견딜 것이다
연약함을 보존하기 위해서라도 그럴 것이다
애를 긋는 이별에
속지 마라
풍족한 삶에
인생을 빼앗기지 마라
투쟁을 멈추지도 마라
독방에서

국민의 손에 든 권력

따지고 보면, 권력이 국민의 손에 들어왔을 때 다수의 지배가 허용되고, 오랫동안 지속되는 실제적인 까닭은 그들이 옳을 공산이 크거나, 그것이 소수에게 가장 공정한 것처럼 비쳐지기 때문이 아니라, 그들이 가장 힘이 세기 때문이다. 그러나 다수가 일일이 지배하고 있는 정부는 정의에 의거한 정부라 할 수는 없다. 국민이 이해할 수 있는 정의라 해도 그렇다. 옳고 그름을 판단하는 주체가 다수보다는 양심인 정부는 존재할 수 없을까? 다수는 오직 편의의 원칙이 적용되는 문제만 결정하는 정부는 존재할 수 없을까? 시민이 한순간이라도, 혹은 미미한 정도라도 자신의 양심을 입법자에게 맡겨야만 하는가? 그렇다면 굳이 양심을 가져야 할 필요가 있을까? 우리는 먼저 인간이어야 하고, 국민은 다음이라고 생각한다. 법에 대한 존경심보다 정의에 대한 존경심을 함양하는 것이 바람직하다. 내게 권리가 있는 유일한 책임은 시기를 막론하고 옳다고 판단되는 일을 하는 것이다. 하지만 양심이 있는 사람이 모인 단체는 양심을 가진 단체다. 법이 사람을 좀 더 의로운 인간으로 바꾼 적은 없다. 법에 대한 존경심 탓에 선량한 사람들조차 되레 불의의 청지기가 되는 경우는 더러 있었지만 말이다. 법을 둘러싼 지나친 존경심이 빚는 자연적인 결과는 군인에게서도 찾아볼 수 있다. 질서정연한 행렬을 이루며 골짜기를 넘어 전장으로 행군하는 대령과 대위, 하사, 사병 및 탄약 운반병을 봐도 잘 알 수 있다는 말이다. 그들은 자신의 뜻뿐 아니라 상식과 양심에도 어긋난 짓을 하기에 행군은 무척 힘들고 가슴도 고동치는 것이다. 그들은 자신의 본분이 저주받아 마땅한 짓임을 조금도 의심하지 않는다. 본디 평화를 사랑하는 사람들이기 때문이다. 하지만 지금 그들은 무엇인가? 정말 사람인가? 아니면 권력을 잡은 어떤 한량의 명령을 따르는 요새나 탄약고인가? 해군기지를 찾아가서 대원을 보라. 그가 바로 미국 정부가 양산해내고 자신의 흑마술로 창조해낼 수 있는 사람이다. 그는 인간성의 그림자로 추억에 지나지 않으며, 산 채로 염을 해서 세워둔 인간이나, 장송곡과 함께 무기 밑에 묻어버린 인간일 것이다.

"그의 시신을 요새로 이송할 때
북소리나 장송곡은 들리지 않았다
영웅이 묻힌 무덤 위로는
누구도 고별사격을 하지 않았다"

《시민의 불복종》

독립

내 인생은 어느 시민국가보다
더 시민답고 자유롭다
왕세자여, 당신의 영역과,
제한된 권력을 보전하라,
내 꿈만큼도 넓지 않고
이 시간만큼 부유하지도 않은 권력말이다
내 것이 아닌 것 중 무엇을 줄 수 있는가?
내 것 중 무엇을 빼앗을 수 있는가?
모든 소원을 두고 시간은 귀가 먹었다
신색한 국가는 위로가 되지 않는다
부정한 금품 외에는 –
그러나 자유로운 영혼은 – 신께 감사드린다 –
자신을 도울 수 있다
그대의 운명이
국가의 일부가 되게 하되 –
무리에는 섞이지 –
금 장막을 친 영토에 사는
본토 귀족과도 상종을 하지 마라
자신보다 기사도정신을 발휘하는 자는
설 곳이 없으니까
숭고한 전쟁을 위해 한숨을 쉬는 자도 마찬가지다
나팔은 섬세한 긴장감을 울리고
무기는 좀더 밝은 빛을 낸다

내가 살고 싶은 인생은
누구도 제시하지 않는다 –
거리의 상인은
문장을 달지 않는다

미국 정부

세무 관리라는 사람을 통해 미국 정부나 그 대리격인 주 정부를 1년에 딱 한번 직접 대면한다. 이는 나와 입장이 같은 사람이 정부를 만날 수 있는 유일한 방편이다. 당시 정부는 "당신 상황을 인정하라"고 분명히 밝혔다. 이때 여러분이 정부에 만족하지도, 사랑하지도 않는다는 사실을 표현하는 가장 간단하고도 효과적인 동시에, 현 상황에서 가장 불가피한 묘안은 정부를 부정하는 것이다. 필자가 실제로 상대한 사람은 점잖빼는 이웃이기도 한 세무 관리원이다. 결국 나는 양피지로 된 문서가 아니라 사람과 실랑이를 벌였다. 그는 정부의 대리인이 되기를 자원한 사람이었다. 이웃인 나를 선량한 이웃으로 대할지, 미치광이나 평화의 걸림돌로 대접할지 깊이 생각해보고, 이웃의 정을 둘러싼 이 훼방꾼을 자신의 품행과 어울리는 거칠고 성급한 언동이 없이도 능가할 수 있는지 알고 나서야 비로소 그는 공무원으로서, 인간으로서 자신의 정체성과 본분을 확실히 깨닫게 될 것이다.

내가 아는 사실은 이렇다. 매사추세츠 주 안에서 천, 아니 백 사람이, 아니 내가 이름을 아는 열 사람(정직한 이웃), 아니 정말 '정직한' 단한 사람이라도 노예를 소유하지 않고 실제로 노예제도를 방조한 입장을 철회했다는 이유로 투옥된다면 미국에서 노예제도는 폐지될 것이다. 시작이 아무리 미미한 듯싶어도, 그것은 별 문제가 되지 않는다. 정당한 일을 한번 행하면 영원히 그렇게 될 테니 말이다. 하지만 그를 두고는 말만 무성하다. 입으로는 그것을 소임이라고 한다. 개혁을 단행하면 수십 개의 신문사는 유익하겠지만, 사람은 단 한 명도 유익할 것이 없다. 존경하는 이웃이자, 주 정부 대사는 청사에서 매일 인권 문제의 해결책을 내놓느라 분주히 움직인다. 그런데 당장 캐럴라이나 주의 감옥에 갇힌다는 걱정은 붙들어 맨 채, 현지 감옥 대신 매사추세츠의 감옥에 죄수로 들어간다면(매사추세츠 정부는 노예제도의 죄를 캐롤라이나 주에 전가하기 위한 구실로 찾아낸 것이 방문객에 대한 홀대뿐이다) 주 의회는 이 문제를 다음 겨울까지 미룰 수는 없으리라.

《시민의 불복종》

감옥에서

감옥에서 아주 신선하고 흥미로운 밤을 보냈다. 투옥 당시, 죄수들은 셔츠바람으로 복도에서 잡담을 나누며 저녁 바람을 쐬고 있었다. 간수가 "이보게, 이제 문을 잠그겠네"라고 하자 그들은 각자 흩어졌다. 필자는 빈방으로 들어가는 그들의 발소리를 들었다. 간수는 같은 방을 쓰게 된 죄수를 가리켜 '아주 좋은 친구인데다 영리한 사람'이라고 소개했다. 문이 잠기자 그는 모자를 걸 곳과 감옥 수칙을 일러주었다. 감옥은 매달 한 번씩 흰 페인트를 칠했는데, 필자의 감방은 소도시에서 가장 희고 소박한 가구를 비치해두어 가장 깔끔한 방이 아닐까 싶었다. 그는 내 고향과 죄목을 알고 싶어 했다. 그에 답변한 다음에는 투옥된 경위를 내가 물었다. 물론 그가 이실직고하리라는 것을 믿고 물었다. "글쎄, 제가 헛간에 불을 질렀다더군요. 그런 짓은 일절 하지 않았는데도 말이죠." 그가 하소연했다. 짐작컨대, 술에 취한 채 잠을 청하려고 창고에 들어갔다가 담배를 피워 불을 내지 않았을까 싶었다. 그는 영리한 사람이라는 칭찬을 들었다. 감옥에서 석 달간 재판을 기다렸으나 앞으로도 그만큼 더 기다려야 할 모양이었다. 하지만 감옥 생활에 길들여지다 보니 되레 만족스럽기까지 했다. 잠자리가 무상으로 해결되고, 후한 대접을 받고 있으니 말이다.

《시민의 불복종》

지연

후한 대접을 미뤄선 안 되오
고매하고 꾸준한 목표도 망치지 마오,
그러나 그들이 신실하고 정직하다면,
시야와 가능성을 자극할 거요

사랑의 그릇, 국가의 그릇

사랑과 국가의 그릇에는,
각각 증오가 깔려있다,
의회는 모두

미국이 와해되었다는 증거요

그러나 남부에는 노예제도가 성행하고 있음에도,

그 서약 덕분에 미국은 구원을 받았소,

증오가 아닌 사랑이

그들의 운명에 개입했기 때문이오

한 창문은 그가, 다른 하나는 내가 쓰기로 했다. 이런 데 오래 있으면 허구한 날 창밖만 내다보게 된다는 것을 깨달았다. 필자는 감방에 비치된 소책자를 순식간에 완독해버렸다. 그러고 나서 탈옥수가 부순 자리를 비롯하여, 창살을 톱으로 켠 흔적을 유심히 관찰했다. 현장에 있던 사람들의 증언도 들었다. 여기에도 이력과 이야깃거리가 있지만 담 밖으로는 퍼지지 않았다. 아마 이곳은 전 도시에서 시가 창작되는 유일한 공간일 것이다.

시는 회람으로 배포되기는 하나 출간되는 법은 없다. 탈옥을 시도하다 적발된 젊은이들이 남긴 시를 꽤 많이 보았는데, 그들은 시를 읊조리며 울분을 달랬다고 한다. 벗을 부추겨 될 수 있는 한 진솔한 이야기를 들으려고 했다. 그를 다시는 못 볼 거라고 생각했기 때문이다. 하지만 그는 얼마 후 취침시간이 되었다는 것을 내색했다.

내가 램프를 껐다. 하룻밤을 감옥에 누워 있으려니 가볼 줄은 꿈에도 생각지 못했던 먼 나라를 여행하는 기분이었다. 마을 광장의 자명종 소리와 저녁 무렵 마을에서 울리는 온갖 소음을 전에는 한 번도 들어본 적이 없는 것 같았다. 쇠창살 안쪽 창을 열어젖히고 잔 탓에 소리를 들을 수 있었다. 마치 고향을 중세의 빛으로 다시 보는 듯했다. 콩코드 강은 라인 강으로 바뀌고, 기사와 성의 환영이 눈앞을 스쳤다. 거리에서는 중세 시민들의 아우성이 들려왔다. 본의 아니게 감옥 옆 마을의 여관 부엌에서 벌어지는 일도 보고 듣게 되었다. 내게는 희귀하고도 새로운 경험이었다. 이는 좀더 가까이에서 본 내 고향의 모습이기도 했다. 필자는 마을 내부에 꽤 깊숙이 들어가 있었던 모양이다. 전에는 마을의 기관을 제대로 본 일이 없었는데, 마을도 군청소재지인지라 감옥 또한 마을의 전형적인 기관 중 하나로 꼽힌다. 그제야 그들의 운명에 우리를 휘말리게 한 주체가 무엇인지 이해하기 시작했다.

《시민의 불복종》

낙원

낙원창조

여러분! 10년 안에 낙원을 만들 수 있는 비결을 공개할까 한다. 평소에 바라던 것은 누구든 풍성히 가질 수 있고, 노동도 필요 없는 데다, 돈이 들지도 않는다. 자연의 전모는 아름답게 바뀔 것이며, 인류는 가장 호화로운 궁전에서 살며, 마음에 품던 모든 세련된 것은 죄다 누리며, 가장 아름다운 정원에, 일하지 않고도 1년이면 이 땅에서 천 년간 고생한 것보다 훨씬 더 위대한 업적을 남길 것이며, 산은 평지로 만들고, 계곡은 주저앉히며, 호수도 조성하며, 호수와 습지의 물을 다 빼내며, 모든 땅에는 아름다운 운하를 조성하며, 수천 톤을 넘는 적재물을 운반할 수 있도록 도로를 건설하여, 24시간에 1600킬로미터를 갈 수 있게 하며, 대양에는 표류하는 섬을 띄우고 전력을 일으켜 신속히 자유자재로 움직일 수 있게 하되, 안전은 걱정할 필요가 없을 것이다. 한편, 안락하고 호사스런 설비를 갖춘 정원과 궁전에는 수천 가정이 살 수 있으며, 개천에는 단물이 흐를 것이며, 지구의 내부뿐 아니라, 두 극지방을 격주로 다녀올 수 있으며, 세상의 지식과 지성을 끌어올릴 수 있는, 아직 듣도 보도 못한 비결도 제공될 뿐 아니라, 아직 알려지지 않은 지속적인 행복과 즐거움을 만끽하게 될 것이며, 죽음은 제외하고, 인류의 골치를 썩였던 악은 거의 사라질 것이며, 평균 수명은 훨씬 늘어나는 반면, 질병은 줄어들 것이다. 결국 인류는 현세와는 족히 비교할 수 없는 신세계에서 즐거움을 누리며, 존재의 위상도 훨씬 크게 상승하게 될 것이다.

《복락원》

시선을 내리다

똑바로 서서 온 세계에 시선을 내린다,
그러면 세상은 내 앞에서 재가 된다;
구름에 둥지를 틀면 평온하고;
안식의 대평야는 쾌적하다

초월주의

다른 지표는 제쳐두고, 이로써 역학과 윤리학에는 초월주의가 존재하는 것 같기도 하다. 개혁자의 온전한 영역이 우주의 경계 밖에 있는 반면, 또 다른 개혁자는 인류의 위상을 최대한 끌어올리려는 계획을 감행하고 있다. 한쪽이 하늘의 먼지를 닦는다면, 다른 한쪽은 지구를 쓰는 셈이다. 혹자는 자신을 개혁하면 자연과 환경은 흠잡을 데가 없을 거라고 말한다. 자신의 앞길은 방해하지 말자. 그만큼 큰 마찰은 없을 테니까. 구름이 천문학자의 시야를 가린들, 눈이 아주 먼 것보다야 낫지 않겠는가? 다른 한편이 자연과 환경을 개혁한다면 인간은 온전하다는 이야기가 될 것이다. 세상의 개혁에 대해 좀더 분명히 말하자면, 나는 지구 자체를 개혁할 참이다. 체액을 피부에서 제거하거나, 유해한 체액을 지구의 살찐 부분에서 긁어낸들 그게 뭐 대수겠는가? 아니, 후자가 더 관대하지 않을까? 지구는 산산이 부서진 체질과 함께 궤도를 공전하고 있다.

《복락원》

어떤 음악을 연주할까?

선율이 풍부한 곡은 각각
나를 질책한다,
나만 귀로 들을 수 있으니까,
음악은 누가 될까

멋진 농장

멋진 농장이 우리에게 펼쳐졌지만 이를 가꾸는 데는 얼마나 소홀했는가! 개간은커녕 도랑도 파지 않고, 울타리도 거의 치지 않았다! 농부가 오하이오 땅the Ohio soil으로 이사하듯, 우리는 손가락 하나 까닥하지 않으면서 '더 좋은 땅'을 전전하기 일쑤였다. 그러나 뉴잉글랜드New England 토지를 경작해야 더 영웅답고 성실한 것이 아닐까 싶다. 이 땅의 젊은 에너지는 적절히 방향만 잡아주면 된다. 각 신문사가 섬뜩한 광풍으로 난파된 선박과 허리케인 기사를 게재하면, 선원이나 농민은 이를 특이하거나 일반적인 신의 섭리라고 치부해버리겠지만, 기사는 우리 양심을 자극하고 죄를 일깨워준다. 또 다른 대홍수가 인류의 치욕을 다시금 드러낼 것이다. 그제야 우리는 대홍수 이전 사람들을 존경하지 않았다고 고백한다. 교양 있는 비즈니스맨은 자신의 가치를 먼저 염두에 두고 삶의 비즈니스에 몰두한다. 얼마나 많은 것이 빈둥거리고 있는가! 내일은 바람이 어디로 불지 누가 알랴? 그렇다고 자연에 굴복하진 말자. 인간은 구름의 질서를 잡고 폭풍을 억제하며, 해로운 숨을 억누르며, 지진의 원인을 밝히고, 이를 뿌리째 뽑아버리며, 유해가스를 발산하며, 화산을 들어내며, 그 독성물질과 독소를 제거할 것이다. 또한 물을 정화하고, 불을 따스하게 하며, 얼음을 시원케 하며, 땅을 지탱할 뿐 아니라, 새에게는 나는 법을, 고기에게는 헤엄치는 법을, 반추동물에게는 되새김질하는 법을 가르칠 것이다. 지금이야말로 이를 면밀히 살펴볼 때다.

아래층에서 저녁식사를 마련하는 그들

아래층에서 저녁식사를 마련하는 그들
경박하게 주전자를 치네
집게나 삽으로
소리가 주변에 울려퍼지네
오두막 밖으로
소리를 들어보니 영락없는 동편 사원이네
처음에는 쇠귀에 달린 딸랑이 소리인줄 알았지

가운데 자작나무 소리가 개활지에 울려퍼진다,
꽃을 꺾은 곳에서
수년 전,
한여름을 보내며
즐거움에 시간가는 줄도 몰랐다

윤리학자의 묵상

윤리학자도 우주를 개선하고 아름답게 가꾸기 위해 인간이 무엇을 할 수 있는지 묻는다. 별이 좀더 밝게 빛나고, 태양은 유쾌하고 즐겁고, 달은 더욱 고요하고 만족케 하려면 어찌 해야 할까? 그가 꽃의 색조를 밝히고 새의 노래를 더 듣기 좋게 만들 수는 없을까? 열등한 종족에 대한 의무는 다할까? 인간이 그들의 신이 되어야 하지 않겠는가? 고래와 비버에게는 얼마만큼 아량을 베풀어야 할까? 그들이 몸소 우리를 부끄럽게 하지 않도록 하루만이라도 과감하게 그들과 자리를 바꿔야 하지 않을까? 상어와 호랑이의 야성으로 전락하지 않은 채, 상어의 이빨과 호랑이의 가죽방패를 겸비해가며 그들에게 아량을 베풀지 말아야 한다면? 우리는 하이에나의 명예를 더럽힌다. 인류는 가장 잔인하고 사나운 동물이니까. 아! 인간에게는 신념도 거의 없도다. 정도를 벗어난 혜성과 유성도 그에게 감사하며, 그의 친절을 똑같이 갚아 주리라.

가벼운 마음으로 자연스레 내 길을 가련다,
당신이란 존재를 따랐을 때,
앞날이 어떨지는 잘 알고 있었다,
고리대의 간사함으로, 자신 그 이상을 발견한다

자연과 친해지기

역동적인 자연과 친해지기 위해 할 수 있는 일은 그리 많지 않다고들 생각한다. 인간이 그에 친절과 예의를 베풀지도 의문이다. 하지만 시인답다거나 진실하지 않은데도, 우리가 아는 것보다 더 숭고하고 섬세한, 자연과의 관계를 암시하는 직업이 더러 있다. 예컨대, 양봉은 아주 조그마한 훼방꾼이다. 햇빛의 방향을 바꾼다고나 할까. 태곳적부터 열국도 자연에 손을 대왔다. 이미토스Hymettus와 히블라Hybla를 비롯하여, 벌에게 유명한 곳은 또 얼마나 많은가? 이 조그마한 무리에게는 벌꿀 술에서 암소의 울음소리처럼, 윙윙 소리가 희미하게 들리는 것보다 더 천박한 일은 없으리라. 최근들어 기분이 들뜬 연구자는 꽃이 만발한 초원으로 이어지는 몇몇 장소를 일러주며, "콜루멜라Columella에 따르면, 아라비아 주민들은 만개가 늦는 꽃의 덕을 보기 위해 벌집을 아티카Attica에 보낸다고 합니다"라고 귀띔했다. 피라미드처럼 쌓인 벌집은 매년 배로 나일강을 건너는데, 밤에는 해류를 따라 떠다니느라 고생하고 낮이 되어야 안식한다. 둑을 따라 이를 맞이하는 꽃은 어느 곳이든 풍성하다는 점을 비롯하여, 배가 가라앉아 벌어지는 지연의 소득도 결정한다. 독일에 사는 혹자를 두고 그 연구자에게서 들은 이야기가 있다. 그의 벌은 이웃보다 더 많은 꿀을 생산하지만 이렇다 할 소득은 없는 것 같단다. 하지만 좀더 상세한 이야기를 들어보니, 벌집을 동쪽으로 1도 돌려놓자 이른 아침 두 시간 동안 벌이 꿀을 들이키더라는 것이다. 사실, 기만과 이기적인 행태가 깔려있긴 하나, 시인다운 사람이 해야 할 바를 넌지시 일러준다.

《복락원》

잡초는 신의 암브로시아

땅에 난 잡초는 신의 암브로시아,
넥타르는 아침이슬로
신발만이 맛볼 수 있으리, 이는 소박한 사람이니까
신의 암브로시아는
땅에 난 잡초라야 딱 어울린다
넥타르가 우리의 신발을 적시는 아침이슬이듯,
신은 소박한 사람이므로
그들의 겸손한 아름다움을 사모해야 마땅하리

추잡한 간섭

좀더 추잡한 훼방에 사과는 받아낸 사례가 많다. 작년 여름, 산기슭에서 개를 본 적이 있다. 어느 농가를 온통 들쑤시고 다니던 개는 수레 위를 오르기도 했는데, 눈도 아프고 기침도 심한 데다 새치름한 구석도 있어 빵에 버터를 발라주었다. 화려한 성공으로 최고에 오른 것은 항상 희생양이 되게 마련이다. 이를테면, 지난 몇 년간 별 쓸모가 없던 마차가 구심력인 말의 무게와, 앞으로 나가려는 원심력만 활용하여 인간을 위해 개선된 것이다. 오로지 두 변수만 계산했다. 그렇다면 말은 효율적으로 이용된 것이 아닌가? 유한한 존재라면 절대보다는 상대적인 움직임에 더 마음이 가지 않을까? 대평원을 자유롭게 돌아다니는 말이 지구의 자전으로 가끔 멈칫하여 쓸모가 없게 된다면 바퀴 없는 거대한 지구는 대체 무엇이란 말인가? 하지만 그가 주요 동인이자 원동력으로, 다양한 풍경을 위해 정면에 창을 둔다면 다양한 활동과 요동하는 피조물의 에너지는 시골길의 다채로운 장관의 결과에 작용하지 않겠는가? 오늘날 인간은 말을 쓰지만, 이를 위해 인간이 하는 일은 거의 없으며, 그 같은 만행이 사회를 타락시킨다는 점을 우리는 고백해야 할 것이다. 인간의 의지가 물리적인 세상의 법이 되고, 시간과 공간, 높이와 깊이, 무게와 강도 등의 추상적인 관념이 더는 인간을 저해하지 못하여, 결국에는 인간이 창조의 주인이 되는 시대가 오진 않을까 고민해봐야 할 듯싶다.

《복락원》

아담이 타락했을 때

아담이 타락하자
우리는 모두 범죄자가 되었고,
새 아담이 출현하면
우리는 모두 하늘에 닿으리!

최신 교통수단

조만간 수송 및 이동수단 시설이 도입될 것이다. (인용문) "널찍하고 편리한 수단은 수천 톤을 운송하고, 전용도로에서 시속 64킬로미터로 달리거나, 하루에 1600킬로미터를 다니며 사람과 물건, 작은 집 등, 편리하고 안락한 모든 것을 육로로 실어 나를 것이다. 표류하는 섬은 통나무로 만들었거나, 목재나 돌로 서로 얽게 하고, 전체를 강화할 요량으로 기른 나무로 제작하여 정원과 궁전을 덮거나, 강력한 엔진을 구동, 바다와 대양을 같은 속도로 달리게 될지도 모를 일이다. 따라서 인간은 대륙의 낙원에서 기후대를 넘나들며 새처럼 신속하게 움직이고, 다양한 세상을 먼 국가에서도 잉여농산물을 교환하게 될 것이다. 북극에서 남극도 2주면 갈 수 있고, 해외 국가도 1, 2주면 이를 수 있는 데다, 세계 일주는 육로와 해로로 한두 달 정도 걸릴 것이다. 지구상에는 여름이 여상한 축복받은 자연과 다양하고, 풍성한 수목이 어우러진 땅이 많은데 왜 매년 황량한 겨울을 보내고 있는가? 겨울이 없는 곳은 지구의 절반 이상이다. 인류는 기후의 악영향을 예방/제거하고 자신의 체질과 정서에 알맞은 지역에서 영원토록 살기 위해 안간힘을 쓸 것이다." 금세기가 다 가기 전까지, 물자를 아끼고, 바람과 태양광과 밀물과 썰물과 원기를 모두 축적함으로써 우리가 지구의 궤도뿐 아니라, 지루한 계절의 변화도 바꿀 수 있을지 누가 알겠는가? 아마 후세는 지구의 붕괴에 대비하여 항공수단을 발명하는가 하면 우주를 항해할 것이고, 전 인류는 지구를 떠나 황량한 서편 행성에 정착할지도 모르겠다. 건강에 이로울지도, 돌이나 흙이 없을지도 모르고, 잡초마저 자라지 않을지도 모르겠다. 태평양의 섬사람에게는 예술은 거의 제외하고, 간단히 적용할 자연법을 비롯하여 카누와 노와 매트가 있으면 될 것이나, 우주의 섬 사람들에게는 좀더 많은 것이 필요하지 않을까 싶다. 콜럼버스가 그랬듯이, 우리도 밤에 해안을 따라 움직이는 빛을 하늘에서 보지 않겠는가? 좌절도 난리도 일으키지 말자.

《복락원(소로가 인용한 발췌문의 출처는 J. A. 에츨러J. A. Etzler가 쓴 《노동이 아닌 자연과 기계의 힘이 인류에게 건넨 낙원The Paradise within the Reach of all Men, without Labor, by Powers of Nature and Machinery》이다)》

천상의 세력

천상의 세력과 친밀한 그는 바람과 파도, 조류 및 태양 등의 열등한 정령을 숭배하지 않을 것이다. 그러나 앞서 언급했듯이, 측정의 중요성은 헐뜯지 말아야 한다. 물리적으로나 윤리적으로 그들은 실존하기 때문이다. 도덕적인 힘은 셈으로 따질 수가 없다. 이는 도덕과 물리적인 힘을 비교할 수 있다 치고, 인간의 영혼 1평방미터당 부는, 사랑의 바람이 몇 마력인지 묻는 것과 같은 격이다. 바람은 잘 알지만 풍력의 수치가 크다고 해서 그에 대한 존경심이 더 증가하는 것은 아니다. 햇빛은 열을 담은 한줄기 광선에 불과하며 사랑의 그림자일 뿐이다. "하나님을 사랑하면서도 두려워하는 인간의 영혼은 태양의 명도만큼이나 밝은 신성한 빛의 영향을 받는다. 플라톤Plato는 그 별의 명도를 '그림자'라고 했다. 빛은, 빛의 빛이신 고로 밝은 하나님의 그림자라는 이야기다Lumen est umbra Dei, Deus est Lumen Luminis." 롤리Raleigh의 말이다. 열의 열기도 여기에 추가해야 하지 않을까? 사랑은 바람과 조류와 파도와 햇빛이며, 그 힘은 측정할 수가 없다. 마력으로 따지자면 굉장히 클 터이나, 힘은 멈추거나 약화되지 않고, 안

식처가 없어도 지구를 움직일 수 있으며, 불이 없어도 따스함을 전할 수 있으며, 육류가 없어도 먹일 수 있으며, 의류가 없어도 입힐 수 있으며, 지붕이 없어도 거처가 될 수 있으며, 그 안에 낙원이 없어도 이를 만들 수 있다.

친구여! 눈물을 자제하게

친구여! 눈물을 자제하게.
너희에게는 소중하겠지만 말일세!
나라고 흘려도 쌀까
그런다고 얼마나 더 행복해지겠는가

동굴에는 토끼가 들락거리고

동굴에는 토끼가 들락거리고,
두레박은 기울어져있다,
그러나 집은 인기척이 없고
망령에 사로잡힌 듯하다
수심에 잠긴 이방인은 걸음을 멈춘다,
입은 다문 채 우울한 표정이다,
사람은 죄다 바보인 데다,
집은 어리석으니 말이다

성실히 일한들 체격은 달라지지 않는다

성실히 일한들 체격이 달라진다거나,
근육이 강건해지진 않는다며
그렇게 시간을 허비할 텐가!
바라건대, 가치 있게 살거나,
가치 있게 죽으라
산적이 쌓인 위업을 보이며,
하늘에 닿을 듯한 강력한 힘을 취하라,
산악지방에 살 것 같은 우리처럼
지옥은 감당하기 그리 어렵지가 않으리라
그 뜨거운 곳에 들어갈 영광을 얻었으나
지옥을 숭고한 곳으로 바꾸어
되레 그곳을 망칠지 몰라 두렵다면 말이다

최고의 현자도

최고의 현자도 노소를 불문하고 이 힘을 밝히기 위해 애써왔고, 사람의 가슴도 언젠가는 이를 조금이나마 느끼게 될 것이다. 하지만 그것이 사회적인 목적에는 얼마나 적용되었는가! 이는 성공적인 사회조직의 원동력이나, 물리학에서 인류가 몇 안 되는 허드렛일에 자연물을 도입했듯이(증기가 말 몇 필을 대체하고, 바람은 노를, 물은 크랭크와 맷돌의 역할을 대신해왔다) 기계의 힘 또한 물리적인 세계가 이상적인 답을 내놓는 데 그리 후하게 사용되진 않았다. 사랑의 힘도 거의 그랬다. 예컨대, 사회 조직은 빈민구호소와 병원 및 성경학회the Bible Society 같은 조직만 특허를 냈으나, 바람은 지금도 무진장 불고 있으며, 이러한 조직에도 이따금씩 스치고 있다. 그러나 우리는 미래에 좀더 강력한 에너지를 발휘할 준비가 되어있지 않은 데다, 그러한 힘을 충분히 저장해두지도 않고 있다. 이 같은 대규모 사업에 일익을 담당해야 하지 않겠는가?

《복락원》

PART 2

월든

"열차에 타면 대륙을, 마차를 타면 타운을 보고 싶어 한다. 그러나 애써 다리품을 팔려는 소로 같은 이는 월든 호숫가를 거닐기만 해도 훨씬 많은 것을 발견한다."
– 존 버로스John Burroughs, 《은하수The Galaxy(1873년 6월)》

몽고드에서의 삶

인생의 어느 계절이 되면 모든 장소를 집터로 여기는 데 익숙해진다. 그래서 필자는 현주소에서 반경 20킬로미터 내에 있는 땅을 두루 살펴보았다. 그러고는 모든 농장을 차례로 사들이는 자신을 마음에 그렸다. 그 농장이 죄다 매물로 나온 데다 가격을 알고 있었기 때문이다. 필자는 농장을 하나하나 둘러보면서 거기서 자생하는 야생사과를 맛보기도 하고, 주인과 농사를 두고 담소를 나누기도 했다. 마음속으로 나는 가격에 상관없이 부르는 값을 다 주고 사들이고는 다시 그들에게 저당을 잡혔다. 주인이 부르는 값보다 더 높은 가격을 매길 때도 있었다. 이 모두를 인수하면서 토지문서만은 받지 않았는데, 이는 내가 이야기하는 것을 즐긴 탓에 문서 대신 그의 말을 믿기로 했기 때문이다. 필자는 그의 농장을 경작하는가 하면 그 농부도 어느 정도 그랬으며, 이런 일을 충분히 즐긴 다음에는 농장을 다시 그에게 맡기고 떠났다. 이 같은 행적에 지인들은 나를 일개의 부동산 중개인으로 보기도 했다. 앉는 곳이 어디든 그곳에 살게 될 가능성이 있었으므로, 경지는 나에게서 방출되었다. 그렇다면 '자리' 외의 집은 무엇일까? (자리가 시골이었으면 더 좋았으리라) 필자는 쉽게 개발될 것 같지 않은 집터를 많이 발견했다. 혹자는 그 집터가 마을에서 너무 떨어져 있다고 여길지는 모르나 내 입장에서는 마을이 거기서 너무 떨어져 있다고 보는 편이 옳을 듯싶었다. '아, 여기 좋겠군!' 그러고는 한 시간 동안 현장에 살면서 여름과 겨울을 지냈다. 몇 년이란 세월을 보내기도 했고, 겨울과 싸우다 봄을 다시금 맞아들이는 나를 그려보기도 했다. 그곳에 살 사람들은 장차 집을 어디에 짓든, 저보다 그곳을 먼저 집터로 생각한 사람이 있었다는 것을 믿을지도 모르겠다. 오후에는 땅을 과수원과 숲과 초원 등으로 구분해두고, 멋진 떡갈나무와 소나무를 문 앞에 둘 것인데, 그 덕분에 어느 편에서 봐야 고목이 가장 돋보일지 결정할 수 있었다. 그러고 나서 나는 땅을 경작하지 않고 그대로 두었다. 그럴수록 그는 더 부유하니까.

이방인은 이야기를 반대로 한다

사실, 이방인은 이야기를 반대로 한다,
길들인 귀만이 요동하는 말을 포착할 수 있으리라,
말은 자갈이 덮인 그대의 입술에서 부서지고 사멸한다.
사상의 흐름은 체액의 흐름에도 소리가 없다,
아침 안개가 그대의 지표에서 떠오를 때처럼,
결국 소극적인 영혼이 이를 들이마시면,
그대가 표출하려던 진실에 감염되고 만다.
머나먼 별이 무리를 짓고
그대의 용모가 하는 작별인사를 보려고

상체를 굽힌다. 날이 자주 바뀌듯,
태양은 자신을 일부만 드러낸다
그대의 가느다란 하늘빛 앞에서 – 달은
주기가 순환하지 않은지라
다른 어디에서든 자주, 그대에게 밤을 이야기한다.
구름은 이리로 슬그머니 다가온다,
그러고는 매우 아름답게 보이는 그대의 얼굴에 투영된다
오! 수천 년에 바람이 무엇을 썼는지 말해다오,
그대의 홍수를 담을 만한 푸른 천장에 –
혹은 섬세하게 재인쇄되고 보급되는 태양에
그대가 책을 읽는 동안
책을 읽던 날에는,
영혼을 전율케 할 무언가가 아주 많았다,
육안으로는 보이지 않아도
처녀 출간물의 눅눅하고
밝은 첫 페이지를 읽을 수 있다면 후히 베풀리라,
에우로스 – 보레아스 – 와
수많은 공상적인 문필가는
안개에 펜을 처음 적신다

나의 상상력

상상력으로 농장 매입 우선권을 갖게 되었는데 그야말로 내가 바라던 전부였다. 사실 땅을 소유해서 손가락을 덴 적은 없었다. 실제로 땅을 소유할 뻔했던 적은 할로웰 대지the Hollowell place를 매입했을 때였다. 그런 다음, 필자는 거기에 뿌릴 씨앗을 고르기 시작했고, 씨앗을 운반할 외바퀴 수레를 만들 재료도 모았다. 하지만 땅 주인이 문서를 넘겨주기 전에 그의 아내가 마음을 바꾸어(누구에게나 이런 아내가 있다), 농장을 팔지 않겠다했고 주인은 해약금으로 10달러를 주겠다고 했다. 솔직히 말해, 그때 가진 돈이라고는 10센트 밖에 없었는데, 내가 10센트를 가진 사람인지, 농장을 가진 사람인지, 10달러를 가진 사람인지 혹은 이 모두를 전부 가진 사람인지는 산수 실력으로는 헤아릴 수가 없었다. 그러나 필자는 그더러 10달러도, 농장도 그냥 두라고 했다. 이 농장을 이미 가질 만큼 가졌기 때문이다. 아니, 그보다는 손을 좀더 크게 벌려, 산값에 농장을 되팔고 그가 풍족한 사람이 아니므로 그에 10달러를 더 얹어 주었다고 하는 편이 더 나을 듯싶다. 그러고도 10센트와 씨앗과 외바퀴 수레를 만들 재료가 여태 남아있었다. 그리하여 나는 청렴에 아무런 오점을 남기지 않고 잠시 동안이나마 부자가 된 기분을 누렸다. 물론 농장의 경치만은 그대로 만끽하기도 했고, 그 후에도 손수레를 사용하지 않고 해마다 경치의 소득을 거두어왔다. 경치에 대한 나의 노래는 이렇다.

"시야에 든 모든 것의 군주는 바로 나,
  짐의 권리를 의심하는 자는 없도다."

존경할만한 사람

존경할만한 사람은
어디에 사는가?
그들은 오크나무에서 속삭이고,
건초더미에서 한숨짓는다;
여름과 겨울, 밤낮으로,
그들은 초원에서도 지낸다
그들은 죽지 않는다,
울지도 않거니와 우는 시늉도 내지 않는다,
동정을 구하지도 않는다
눈시울이 붉어져도 말이다
그들은 건실한 땅을 개량한다,
당부만 하면 기꺼이 임대해주고;
대양에는 부를
초원에는 건강을,
시간에는 길이를,
바위에는 강건함을,
지친 자에게는 밤을,
분주한 자에게는 낮을,
일 없는 자에게는 놀이를 임대한다;
그들의 환호성은 끊이질 않는다,
모두가 채무자요, 친구이기 때문이다

콩밭

우드척이나 다람쥐가 길을 건너기 전에, 태양이 떡갈나무 위에 오르기 전에, 새벽이슬이 한 방울이라도 마르기 전에 나는 콩밭에 자라는 거만한 잡초를 제거하고 그 위에 흙을 덮었다. 농부들은 새벽일을 하지 말라고 경고하지만, 필자는 여러분에게 될 수 있으면 아침 이슬이 내리는 동안 일을 모두 마치라고 권한다. 이른 아침 나는 조형미술가처럼 맨발로 이슬을 머금고, 잘 부스러지는 모래를 밟으며 일을 했다. 하지만 얼마 후에는 햇볕 때문에 발에 물집이 생겼다. 해가 황색 자갈이 많은 고산지대의 밭을 비추는 가운데 나는 거의 80미터의 길이로 길게 뻗쳐 있는 푸른 콩두둑 사이를 천천히 오가며 김을 맸다. 콩두둑의 한쪽 끝에는 떡갈나무 숲이 있어, 그 응달에서 쉴 수 있었고 다른 끝에는 검은딸기밭이 있었는데, 김을 매고 돌아올 때마다 푸른색의 딸기는 한층 색깔이 더 짙어져있었다. 풀을 뽑아버리고, 콩대 주위에 새 흙을 덮어 격려하고 난 후, 황색 흙이 여름 생각을 쑥이나 개밀이나 피 같은 잡초가 아니라, 콩잎으로 표현하도록 촉구하여, 대지가 풀이 아니라 콩을 이야기하도록 만드는 것이 필자의 일과였다. 나는 소나 말의 힘을 거의 빌리지 않았고, 아이 어른 할 것 없이 고용인을 일체 쓰지 않았으며, 개량 농기구의 도움도 전혀 받지 않았다. 때문에 일은 몹시 더디었으나, 콩과는 더욱 돈독한 관계를 맺을 수 있었다. 손수 하는 노동은 아무리 지루해도 가장 악질적인 게으름은 아니다. 노동에는 지속적인 데다 소멸되지 않는 덕성이 있으며, 학자에게는 고전적인 결실을 선사한다.

얼굴만 아는 남자

어떤 남자는 얼굴만 안다,
흠잡을 데 없는 사람은,
적어도 1년은,
내 문을 매일 드나들었다,
그러나 누구도 그와 나누지 않은 이야기를 교환했다
좁은 길에서 그를 만났다,
그와 지팡이는,
집에서 약 5킬로 되는 곳,
거기를 우연히 배회했다,
그러자 책은 그를, 그는 나를 처다보았다

좀더 먼 곳에서
그의 얼굴을 흘끗 보고는,
나도 모르게 고개를 숙였다;
그도 답례하여,
고개가 동시에 내려왔고 가던 길을 행했다

얼마 뒤에는 외국에서
그의 손을 잡고는,
수다를 떨었다,
이런저런 이야기로,
천년은 알고 지냈던 사람처럼

어느 늦은 밤, 광야에서는
그의 고충을 들었다,
시련이 역력히 보였다,
나는 방랑자였고;
그는 나의 친구요, 나도 그의 친구였다

생각해보면,
크든 작든,
지구에서 살아왔다면,
일찍 혹은 늦게 태어났다 해도,
심지어 이방인과 원수라도 하루 새 서로를 알게 될 것이다

농사

링컨이나 웨일랜드 마을을 지나 서쪽 어딘가로 가는 관광객들에게
나는 열심히 일하는 농부agricola laboriosus로 보였으리라. 그들은 이륜
마차에 편안히 앉아 무릎에 팔꿈치를 얹어놓고, 말고삐는 화환 모양
으로 감아 느슨하게 쥐고 있었다. 나는 집에 남아서 힘들게 땅을 파
는 농사꾼으로 비쳐졌다. 하지만 농원은 그들의 시야와 생각에서 곧
벗어났다. 상당한 거리를 달리는 동안 도로 양쪽에 눈에 띄는 경작지
라고는 필자의 농원뿐인 탓에 관광객들은 잠시 관심을 두었다. 그들
이 끼리끼리 주고받는 잡담과 수다가 밭에 있는 내 귀에까지 들려오
는 경우도 종종 있었다.

"강낭콩을 지금 심다니! 여태 완두콩도 안 심었단 말인가!"

타인이 김을 매기 시작했을 때도 나는 계속 콩을 심었으니 농사일에 밝은 목사는 생각지도 못했을 것이다.

"이보게, 가축 사료로는 뭐니뭐니해도 옥수수가 제일이야. 단연 옥수수지."

까만 보닛을 쓴 여인이 회색 저고리를 두른 남자에게 묻는 소리도 들린다.

"저사람 저기서 사는 걸까요?"

험상궂은 농부가 고삐를 당겨 말을 세우더니 "밭에 거름이 전혀 보이지 않는데 어찌 된 것이냐?"고 묻는다. 그러고는 톱밥이나 재, 석회 등, 무엇이라도 좋으니 거름을 좀 주라고 권한다. 하지만 여기 2에이커 반 정도 되는 밭에는 수레 대신 호미 한 자루와 그 호미를 쥔 두 손이 움직일 뿐이다. 필자는 수레와 말이 싫었다. 톱밥도 멀리 떨어져 있었다. 마차를 탄 일행이 덜거덕 지나가던 저들이 지나온 밭과 내 밭을 큰소리로 비교한 덕택에 전 농가에 차지하는 내 위상을 가늠할 수 있었다. 콜맨Coleman의 영농보고서에 포함되지 않은 밭이 있었다면 바로 이 밭을 두고 하는 말일 것이다. 그런데 사람의 손이 닿지 않는, 좀더 넓은 야생의 들판에서 대자연이 낳은 농산물의 가치는 누가 평가할 것인가? 영국의 건초는 수확 즉시 조심스레 무게와 습도를 측정하고는 규산염과 가리의 성분 비율을 분석한다. 그러나 모든 골짜기와 호수 및 숲과 들과 늪에도 각양각색의 풍성한 작물이 자라고 있다. 단지 사람의 손이 가지 않을 뿐이다. 어떤 점에서 필자의 밭은 야생의 농원과 경작지를 연결하는 고리와도 같았다. 마치 어떤 나라는 '문명국civilized'이라 하고 또 어떤 나라들은 '반문명국half-civilized'이라 하는 반면, 어떤 나라는 '미개국'이나 '야만국'이라고 하듯, 내 밭은 나쁘지 않은 의미에서 반개척지half-cultivated였다. 내가 재배하는 콩은 야생과 원시 상태로 환원되고 있었으며, 호미는 이를 위해 스위스의 목가를 불렀다.

아, 평화로운 소음도 공허할 뿐이로다

아, 야박한 도시를 깨우는
평화로운 소음도 공허할 뿐이로다,
그러니 용맹한 정신도
애국자의 명성을 얻지 못했다

이 개울 곁에 한 밭이 있다,
여기에서 발은 실족하는 법이 없다,
그러나 꿈속에서는
그 무엇보다 풍성한 작물을 담는다

꿈을 진심으로 믿으리라,

그날 가슴은 고동친다,
소소한 신의 섭리와,
머나먼 영국 위에;

체력은 살 수 없고, 신념은 팔수 없는,
태곳적 영웅과,
기사다운 무기는,
이곳에서 영광을 얻었네;

공개해달라고는 하지 않으나
가슴이 일컫는 상을 누가 찾으랴,
그의 자유로운 용맹은 뇌물을 받지 않는다
평화를 예견했으니까

저편 꼭대기에 서있는 사람들은
오래 전 그날 사라졌다;
같은 손은 싸움과 기념비를
가리키지 않는다.

당시 너희는 그리스 도시와,
근대 로마의 발상지였다.
뉴잉글랜드 농부가
로마인다운 면모를 보인 곳이었다.

이방 땅을 들쑤시며,
벙커 힐을 찾았으나 헛될 뿐이었다,
렉싱턴과 콩코드가
라코니아의 개천에는 없다

베이커 농장

소나무가 우거진 작은 숲이 있는 곳으로 걸음을 옮기곤 했다. 이들
은 신전이나, 돛을 전부 올린 함대처럼 당당하게 서있었으며, 부드럽
게 흔들리는 가지 덕에 잔물결이 이는 듯, 햇빛 속에 반짝였다. 또한
아주 부드럽고 푸르른 데다 시원한 그늘까지 조성하여 드루이드교
도the Druids가 보았다면 떡갈나무 숲을 버리고 이 소나무 숲에서 예배
했을 것이다. 플린트 호수Flint's Pond 너머의 삼나무 숲을 찾아간 적도
있다. 해묵은 청딸기 넝쿨에 감긴 삼나무가 점점 높이 솟아오른 탓에
'발할라의 전당(Valhalla, 고대 게르만 민족의 최고신 오딘의 전당—옮긴이)' 앞에
선다 해도 손색이 없을 만큼 어울리며, 노간주나무는 열매가 주렁주
렁 달린 화환으로 땅을 뒤덮었다. 늪을 찾을 때도 있다. 나무이끼가
가문비나무에서 꽃 줄처럼 늘어져 있고, 버섯 즉, 늪에 사는 정령의 둥
근 탁자는 땅을 덮고 있었다. 좀더 수려한 버섯은 나비나 조개 모양
으로 그루터기를 장식했는데, 붙어있는 모습이 식물의 주름 같았다.
늪에는 패랭이꽃과 산딸나무가 자라며, 감탕나무의 붉은 열매는 꼬
마 도깨비의 눈처럼 빛났다. 노박덩굴은 아주 견고한 나무라도 부스
러뜨릴 듯 휘감아서 자국을 남기고, 야생의 감탕나무 열매는 매우 아

름다워 이를 보는 사람은 집에 갈 생각조차 하지 않는다. 그 외에도 고운 자태에 먹기가 아까운 금단의 야생 열매는 눈을 부시게 하고 마음을 빼앗았다. 학자를 찾아가지 않고, 근방에서는 보기 드문 나무를 여러 차례 찾아갔다. 이들은 멀리 떨어진 어떤 풀밭 가운데 서있는가 하면, 숲이나 늪의 깊숙한 데 자리를 잡으며, 산꼭대기에서 자생하는 것도 있었다. 이를테면, 검정자작나무는 직경이 60센티쯤 되는 잘생긴 나무 몇 그루가 이 지역에서 자라고 있다. 사촌뻘 되는 노랑자작나무는 황금색의 헐렁한 조끼를 걸친 듯한 모습이며, 검정자작나무와 향기가 같다. 단정한 줄기에, 이끼가 아리땁게 덮여 있는 너도밤나무는 모든 면에서 완벽하다. 이는 흩어진 몇몇 나무를 제외하고는 현지의 작은 숲 단 한군데밖에 남아있지 않은 것으로 알고 있다. 예전에 근방에서 산비둘기를 잡기 위해 너도밤나무 열매를 미끼로 썼는데, 녀석이 이를 물고 가다가 떨어뜨린 것이 너도밤나무 숲의 유래라는 이야기도 했다. 나무를 쪼갤 때 은빛의 나뭇결이 빛나는 것은 혼자 보기가 아깝다. 참피나무와 서어나무도 있고, 잘 자란 개느릅나무the Celtis occidentalis도 한 그루 있다. 높은 돛대 같은 소나무와 지붕널나무도 있으며, 좀더 완벽한 솔송나무가 숲 한가운데에 정자처럼 서 있기도 하다. 다른 나무도 줄줄 이야기할 수 있다. 여름과 겨울을 가리지 않고 찾아보는 신전이 바로 이들이 아닐까 싶다.

동녘 하늘 낮게

동녘 하늘 낮게
그대의 시선이 간다;
찬란한 빛은
내 시야에 들지 못하나,
저편 언덕의
옹이진 사지를
오르는 별은 모두,
그대의 정중한 의지를 담는다
그대의 생각도 그렇지만,
친절한 소원을
미풍이 가져왔다는 것을 안다는 것을 믿으라,
그들이 당신에게 일러준 내 소원처럼,
주의를 끄는 구름은,
내 머리 위
군중 가운데 멈추었다,
정중한 이야기가 나오는 동안
지빠귀의 노래와,
꽃망울의 울림과,
향내를 뿜어내는 허브를 믿으라,
짐승이 진의를 안다는 것도,
나무는 전신을 흔들며 환영하고,
강은 가장자리를 담갔다,

그대의 자유로운 가슴이
다시금 내게 불어올 때
지금도 그대가 나와 함께 있는 것처럼;
여름철 저녁,
대기는 찬찬히 올랐다,
낮게 깔린 구름이
그대의 동녘 하늘을 덮었다;
번개의 조용한 섬광은,
졸린 꿈을 놀라게 한다,
그대의 날개 아래
빛나는 섬광과도 같다
어떤 길을 가든,
나를 위한 것이리라,
완만한 경사에 넓은 길도,
그대가 내편이기 때문에,
그대의 정중한 발을 넘어뜨릴
뿌리는 없다
차분히 걷되,
가장 부드러운 곳을 선택하고,
조심스레 노를 담그고,
굽이치는 해안은 피하고,
차근차근 배를 운항할 것이다
수련이 표류하는 곳에,
진홍로벨리아가
요정의 그늘에 서있다.

인생이 아무리 비천해도

아무리 인생이 비천해도 이를 부딪치며 살라. 이를 회피한다든가 욕해서는 안 된다. 그대만큼 나쁘진 않을 테니 말이다. 가장 부유할 때 여러분의 삶은 가장 없어 보인다. 능숙히 흠을 잡는 이는 천국에서도 그럴 것이다. 여러분의 인생이 가난해도 이를 사랑하라. 비록 구호소의 신세를 지고 있어도 활기차고 낙관적이며 유쾌한 시간을 보낼 수 있지 않겠는가. 일몰은 부자의 저택뿐 아니라 양로원의 창에도 밝게 빛난다. 봄이 오면 양로원 문 앞의 눈도 녹는다. 인생을 차분히 낙관하는 사람은 그런 데 살아도 궁전에 사는 이 못지않게 만족스런 마음과 명랑한 생각을 가질 수 있으리라. 가난한 마을사람들이 자립에 가장 가까운 생활을 하지 않나 싶을 때가 있다. 어쩌면, 남의 도움을 받고도 기분이 상하지 않을 만큼 아량이 넓은 것일지도 모를 일이다. 사람들은 대부분 마을에서 경제적인 도움을 받는 것을 상상도 하지 못한다. 물론 부정한 방법으로 돈을 벌며 사는 것이 훨씬 더 치욕일 것이다. 샐비어sage 같은 약초를 기르듯 가난을 가꾸라. 옷이든, 친구든 새것을 얻으려고 노력해선 안 된다. 헌것은 고쳐 쓰고, 옛 친구에게 돌아가라. 만상은 변하지 않는다. 변하는 것은 바로 우리다. 옷은 팔더라도 사상은 간직하라. 하나님은 그대를 홀로 두지 않고 보살펴주신다. 설령 거미처럼 다락방 한구석에 온종일 갇혀 있다손 쳐도 사상을 잃지 않는다면, 세상이 좁아졌다고는 생각지 않으리라. "3군으로 이루어진 군대라도 장수를 생포하면 무너뜨릴 수 있으나 필부는 가장 비열하고 저속하더라도 소신은 빼앗을 수는 없다." 어느 철학자의 말이다. 자신계발을 너무 서둘러 수많은 변수에 자신을 맡겨선 안 된다. 즉, 절제해야 한다는 것이다. 겸손은 어둠이 그렇듯, 천상의 빛을 드러낸다. 가난과 야박함의 그림자는 주변에 드리워있지만 "보라! 창조는 우리 시야에 펼쳐지고 있다." 부유했던 크로이소스 왕 Croesus의 재산을 물려받는다 해도 우리의 목적은 전과 달라지지 않으며, 수단 역시 본질적으로는 크게 달라지지 않을 것이다. 형편이 어렵다는 이유로 활동에 제한이 따른다는 것은(이를테면, 책이나 신문 등을 살 수 없더라도) 여러분이 가장 의미 있고 중요한 경험에 국한된다는 방증이다. 즉, 여러분은 가장 많은 당분과 전분을 내는 재료만 써야 하는 형편인 셈이다. 뼈에 붙은 살이 맛이 있듯, 뼈에 가까운 청빈한 삶도 멋지지 않겠는가! 인생을 빈둥거리지 않도록 보호를 받게 된 것이다. 누구도 수준 높은 정신생활을 한다는 이유로 차원이 낮은 손해를 겪진 않는다. 과도한 부는 쓸모없는 것만 살 수 있다. 영혼의 필수품을 사는 데는 돈이 필요 없다.

검제관

몸소 지은 집

앞으로 이어질 장pages(정확히는 대부분)을 쓸 때 필자는 매사추세츠 콩코드 근방에 있는 월든 호숫가의 숲에 집 한 채를 지어 홀로 살고 있었다. 가장 가까운 이웃과는 1.6킬로미터쯤 떨어진 곳에서 몸소 일하며 입에 풀칠을 했다. 2년 2개월을 거기서 그렇게 지냈다. 지금은 문명생활권 체류자로 다시금 돌아와 있지만 말이다.

숲에서의 생활을 두고 도시 사람들이 캐묻지 않았다면 사사로운 일을 주제넘게 독자 여러분에게 공개하지 않았으리라. 그런 질문이 예의에 어긋난 거라고 지적하는 사람이 있을지는 모르겠으나 필자는 그렇게 생각하지 않는다. 여러 사정을 감안해보면 지극히 자연스럽고 적절한 물음이기 때문이다. 혹자는 무엇을 먹고 살았느냐, 외롭지는 않았느냐, 무섭지는 않았느냐 등, 알고 싶은 것도 많았다. 어떤 이는 수입 중 얼마를 자선기금에 썼는지 물었고, 대가족을 거느리던 어떤 이는 필자가 가난한 아이들을 몇 명이나 먹여 살렸는지 알고 싶어 했다. 그러므로 독자 중 내게 특별한 관심을 갖지 않은 이가 있다면, 이 책에서 그러한 몇 가지 질문에 답변하더라도 양지해주기 바란다. 책에는 대개 1인칭 대명사인 '나'를 생략하지만 본서에서는 생략하지 않을 참이다. 자기중심적이라는 면에서 이 책은 다른 서적과 구별된다. 말하는 사람이 결국 1인칭이라는 것은 흔히들 잊어버리는데, 나를 두고 만큼은 내가 잘 아는 타인이 있다면 내 이야기를 이렇게 꺼내지는 않을 것이다. 안타깝게도 나는 경험이 부족한 탓에 '나'로 주제를 한정하게 되었다. 덧붙여, 다른 저자들 모두에게도 남의 생활을 두고 주워들은 이야기만 하지 말고 본인의 인생에 대하여 소박하고 신실한 이야기를 들려달라고 당부하고 싶다. 타향에서 친지에게 보냄직한 그런 이야기 말인데, 실로 그가 신실하게 살았다면 그건 타향에서나 가능했을 터이니 말이다. 어쩌면 본서는 가난한 학생을 의식하여 특별히 썼다고 해도 과언이 아니리라. 그 밖의 독자들은 자신에게 해당되는 대목만 받아들이면 될 것이다. 옷을 입을 때 솔기를 늘여가면서까지 맞지 않는 옷을 억지로 입는 사람은 없다. 옷은 그것이 맞는 사람에게나 제구실을 할 테니까.

앞으로 하고픈 이야기는 중국인이나 하와이 섬의 원주민에 관한 것이 아니라 바로 이곳 뉴잉글랜드에 사는 여러분에 대한 것이다. 여러분이 이 세상이나 마을에서 감당하고 있는 외적 형편이나 환경을 두고 과연 그것이 어떤 것이며, 지금처럼 그렇게 비참해야만 하는지, 그것이 개선될 가망은 없는지를 말하고자 한다.

내가 보기에 고장 젊은이들은 농장과 주택, 창고와 가축 및 농기구를 유산으로 받은 까닭에 불행이 닥친 듯싶다. 이들은 일단 얻으면 버리기가 쉽지 않다. 그들은 차라리 광활한 초원에서 태어나 늑대의 젖을 먹고 자라는 편이 나았을지도 모르겠다. 그러면 자신이 힘들여

가꾸어야 할 땅을 보다 더 맑은 눈으로 볼 수 있었으리라. 누가 이들을 흙의 노예로 만들었는가? 왜 한 '펙peck'의 먼지만 먹어도 될 것을 60에이커나 되는 흙을 먹어야 하는가? 왜 그들은 태어나자마자 무덤을 파기 시작했는가? 그들은 이 같은 소유물을 모두 밀고 가면서 어렵사리 근근이 살아가야 했던 것이다. 불멸의 영혼을 지녔다는 인간이 가엾게도 등에 진 짐에 눌려 깔리다시피, 깊이 23미터, 폭 12미터의 곡식 창고와, 청소를 하지 않아 아우게이아스 왕의Augean 외양간만큼이나 더럽기 짝이 없는 외양간과, 100에이커나 되는 대지와 밭, 목장 및 숲을 밀어가며 고달픈 인생길을 걷는 것을 수없이 보아왔다. 물론 유산을 물려받지 않아 그런 불필요한 짐과 싸우지 않아도 되는 사람도, 그들 나름대로 조그마한 몸뚱이의 욕구를 다스리고 가꾸는 데도 힘겨워한다.

그러나 그릇된 생각 탓에 사람이 고생하는 것이다. 사람의 몸뚱이는 조만간 땅에 묻혀 퇴비로 변할 것이다. 그들은 흔히 '필요성'이라는 운명의 말을 듣고는 성경의 글귀처럼 "좀이 파먹고, 녹이 슬며, 도둑이 들어와서 훔쳐갈 재물을 모으느라"고 정신이 없다. 그러나 인생이 끝날 무렵에는 자연히 알게 되겠지만, 이는 어리석은 자의 인생인 것이다. 그리스 신화를 보면 데우칼리온Deucalion과 그의 아내 피라Pyrrha는 머리 뒤로 돌을 던져 인간을 만들었단다.

Inde genus durum sumus, experiensque laborum,
Et documenta damus qua simus origine nati.

롤리 경Raleigh은 이를 장엄하게 아래와 같이 옮겼다.

"그로부터 우리는 대담한 가슴으로 근심과 걱정을 견디며,
육신의 성질이 돌처럼 단단하다는 점을 입증했다……"

어처구니없는 신탁에 맹목적으로 복종하여 머리 뒤로 돌을 던지고
는, 그것이 어디에 떨어지는지도 보지 않는 행태를 두고는 왈가왈부
하지 않으련다.

물러가라! 물러가라! 물러가라! 물러가라!

물러가라! 물러가라! 물러가라! 물러가라!
그대는 비밀을 지키지 않았으나,
조만간 나는 그것을 따를 것이다,
다른 대지가 그대에게 말한다
이들에게 여유는 없다,
그대는 그 일을 준비하려는가?
영원은 말보다는 더 나은 행동을 위한
임대기간이 아닌가?
무용담을 들으면 기분이 좋다,
지금도 생존해있다는 점을 두고도 그렇다,
하지만 그들의 생계를 우리가 잇는다면,
그들은 우리 안에 살아있을 것이다

인생은 명성의 샘을 채워야 한다
영원한 물결로,

대양은 거품이 이는 원천을 더하며
원천은 무덤에서 대양을 찾는다

천공의 빗방울이여, 가슴을 감싸다오,
푸른 코르셋이 되어다오,
땅은 보관해둔 창을 받으시오,
그대는 신실한 말이오;

별은 하늘의 창끝이요,
그대는 화살촉이요;
패전한 적이 달아나는 모습을 보며,
번뜩이는 창은 제자리를 지킨다오

적수로는 천사를 보내주오,
당장 기한과 장소를 정하시오,
곧장 그를 만나러 갈 것이오
빛나는 차임 위로

방패로 막자 요란한 소리를 내며
천상의 창이 울릴 것이다,
시합을 제쳐두고
북녘 빛이 밝게 빛난다

천사가 패배할지라도,

하나님께는 절망하지 마시라 전하시게,
내가 새로운 승리자가 되어,
천사의 명성을 내가 회복할 터이니

주택

주택이 오늘날 생활의 필수라는 사실은 부정하지 않겠다. 거처 없이도 여기보다 더 추운 지방에서 오래오래 살았다는 경우도 더러 있지만 말이다. 새뮤얼 래잉Samuel Laing은 "라플란드the Laplander에서는 주민이 가죽옷을 입고 가죽 자루를 머리와 어깨까지 뒤집어쓰고 밤마다 눈 위에서 자는데 …… 그곳은 어떤 털옷을 입고 있어도 얼어 죽을 만큼 추웠다"고 이야기한다. 래잉은 그 사람들이 그렇게 자는 것을 직접 목격했다. "그렇다고 그들이 다른 민족보다 더 강인한 것도 아니다"라고 그는 덧붙였다. 아마 인간은 지상에서 얼마간 살다가 거처의 만족감을 일컫는 '가택위안'을 발견했으리라 생각하는데, 이는 원래 가족에 대한 만족보다는 가택을 지닌 데에 대한 그것을 의미했을 것이다. 그러나 가택을 생각하면 주로 추운 겨울과 비오는 계절이 떠오르고, 1년 중 3분의 2는 양산만 가지고도 지낼 수 있는 지역에서는 가택위안이 매우 일시적인 데다 일부에 지나지 않았을 것이다. 옛날 이곳 뉴잉글랜드에서는 여름에 집은 밤의 덮개에 지나지 않았다. 인디언의 그림문서를 보면 천막집 한 채는 하루간의 행진을 상징했고, 나무 껍질에 새기거나, 그린 천막집은 야영한 횟수를 가리켰다. 인간은 본디 세상을 스스로 좁히거나 자신에게 맞도록 공간에 담을 쌓고 들어가야 할만큼 기골이 장대하고 강인하게 창조되진 않았다. 애당초 알몸으로 야외에서 살았는데, 그런 생활은 날씨가 맑고 따뜻한 낮에는 꽤나 쾌적했을 것이다. 하지만 집이라 일컫는 은신처를 서둘러 지어가며 제 몸을 감싸지 않았던들 뜨겁게 내리쬐는 햇볕은 물론이거니와, 우기와 겨울에 인류는 벌써 멸망하고 남아나질 않았을 것이다. 성경에 따르면, 아담과 이브는 옷을 입기 전, 나뭇잎부터 걸쳤다고 한다. 인간은 집이라는 따뜻하고 안락한 장소를 구했는데, 육신의 따뜻함이 먼저요, 그 다음은 사랑의 따뜻함을 구했던 것이다.

우리는 인류의 초창기에 진취적인 인간이 바위굴로 기어가 이를 '집'으로 삼았던 것을 상상할 수 있다. 어떤 의미에서 아이들은 세상을 다시 창조했고, 비가 오거나 날씨가 추워도 어느 정도는 야외에서 지내고 싶어 했다. 말놀이나 소꿉장난을 하던 그들은 놀이본능이 있기 때문이다. 소싯적, 위가 반듯한 바위나, 동굴의 입구를 보고 흥미를 느꼈던 기억이 없는 사람이 있을까? 이는 가장 원시적인 선조가 여전히 우리 안에 존재하기 때문에 느끼는 자연적인 동경인 것이다. 동굴에서 진보한 인류는 종려나무로 지붕을 잇고 난 후, 나무껍질과 가지로 된 지붕과 야마포를 짜서 펼친 지붕, 풀과 짚으로 엮은 지붕, 판자와 널로 된 지붕, 그리고 돌과 타일로 된 지붕을 이게 되었다. 마침내 우리는 야외생활이 무엇인지 잊게 되었고 생활은 생각지도 못했던 의미에서 가정에 국한되었다. 이제 난롯가에서 들로 가는 길은 꽤 멀어졌다.

내면의 아침

마음에 차곡차곡 쌓으라
자연이 입는 옷을,
매시간 유행이 변하면
다른 것도 모두 회복될 것이다

해외의 다른 점을 찾아봤으나 아무런 유익이 없었다,
차이점도 발견하지 못했다,
그러나 초대하지도 않은 평화의 광선이
내면을 비추자 형편은 달라졌다

나무와 구름을 도금하고
하늘을 화사하게 그리는 것은 무엇인가,
저기 변치 않는 햇살로
고정된 빛이 아니고 무엇이겠는가?

보라, 태양이 숲을 뚫고
겨울 아침에 흐를 때
조용한 햇살이 스며드는 곳에
어두운 밤은 사라지고 만다

인내하는 소나무와
아침에 부는 미풍은 어떻게 알았을까

풀벌레가 부르는 한낮의 노래를
겸손한 꽃들은 어찌 상상했을까

새 빛이 멀리서 아침의
싱그러움과 통로로 흘러들어
재빨리, 수 킬로를 펼쳐 선
숲의 나무에 일러 주기까지는?

영혼의 가장 깊은 곳에서
그런 기분 좋은 소식을 들었고
내 마음의 지평선에서
그런 동양의 색조를 보았다

새벽 미명에
처음 일어난 자들이
적막한 숲에서 들렸다
잔가지를 꺾은 그곳에서

혹은 동녘 하늘에
태양이 오르기 전,
하계의 더위를 전하는 메신저가
멀리서 보인다

가구

가구 중 일부는 손수 만들었고, 나머지는 비용을 한 푼도 들이지 않아 계산서에는 추가하지 않았다. 가구는 침대와, 탁자와 책상이 각각 하나요, 의자는 셋이고, 직경 3인치의 거울이 하나, 부젓가락 한 벌, 장작 받침쇠 하나와 솥 하나, 그리고 냄비와 프라이팬과 국자 및 대야도 각각 하나였으며, 나이프와 포크는 두 벌, 접시는 셋이고, 컵과 스푼, 기름 단지, 당밀 단지 및, 옻칠한 램프도 각각 하나였다. 그것이 전부였다. 호박을 의자로 써야 할 만큼 가난한 사람은 없을 것이다. 행여 있다면 융통성이 없어 그럴 것이다. 여러 집의 다락에는 가서 들고 오기만 하면 되는 쓸 만한 의자가 수두룩하다. 가구란 말이다! 다행히 필자는 가구점의 신세를 지지 않아도 앉거나 설 수 있었다. 가구가 거지같이 빈 상자들의 모습으로 수레에 실려 많은 사람들의 눈총을 받으며, 대낮에 시골길에 끌려가는 모습을 보고 부끄러움을 느끼지 않을 사람이 철학자 말고 누가 있겠는가? 저게 바로 스펄딩 씨네 가구다. 봇짐만 봐서는 그것이 '부자'의 것인지, 가난뱅이의 것인지 분간할 수는 없다. 항상 주인은 가난에 찌든 사람 같았다. 사실, 가구가 많을수록 더 가난해지는 법이다. 이삿짐 하나는 판잣집 열 채에 들어있던 것을 모아놓은 듯 보인다. 판잣집 한 채가 가난을 상징한다면 이는 열 배나 더 가난한 모습이리라. 진실로 우린 왜 이사를 가는가? 이런 '가구(허물exuviae)'을 벗어버리기 위해서가 아닌가? 저승에 갈 때도, 그곳에 마련된 가구를 쓰며 이승의 것은 태워버리자는 것이 아닌가? 그러지 않으면 이 같은 덫을 허리띠에 매달고 질질 끌면서 운명적으로 가야 할 거친 벌판을 힘겹게 가야만 할 것이다.

녀석은 덫에 걸린 꼬리를 잘라내고 달아난, 운 좋은 여우였다. 사향쥐는 세 번째 다리라도 끊어서 덫에서 해방된단다. 인간이 탄력을 잃은 것은 어쩌면 당연할지도 모른다. 인간이 얼마나 궁지에 자주 빠지는가? "선생님, 외람되지만, 궁지에 몰린다는 것이 무슨 뜻입니까?" 관찰력이 예민하다면, 사람과 마주할 때 그의 뒤로 소유물과 인연을 끊은 것, 가재도구, 그리고 계속 쌓아두면서 태워버리지 못하는 온갖 잡동사니를 볼 수 있으리라. 그는 이에 묶인 채 어떻게든 진일보하려고 안간힘을 쓰고 있을 것이다. 옹이구멍이나 출입문으로 제 몸은 빠져나가지만, 썰매에 실은 가구와 짐은 문턱에 걸려 나오지 못할 때 이를 두고 "그가 궁지에 빠졌다"고 말한다. 말쑥하고 빈틈이 없는 사람이 얼핏 홀가분하고 자유로운 것 같지만, 가구가 보험에 가입했느니, 안 했느니 하며 수다를 떨 때는 연민의 감정이 느껴진다. "그럼 제 가구는 어찌합니까?" 아름다운 나비는 거미줄에 걸려들었다. 오랫동안 가구가 없었던 듯 보이던 사람도 알고 보면 몇 점을 아무개 집 창고에 맡겨놓고 있더라. 요즘은 무척 많은 짐을 끌며 여행하는 노신사가 영국으로 보인다. 짐은 오랜 살림으로 누적된 잡동사니인데, 그에게는 이를 소각할 용기가 없다. 큰 가방과 작은 가방, 판지상자 및 보따리 등, 앞의 세 가지만이라도 버리시오, 신사양반! 침대를 어깨에 이고 걸을라치면 젊고 강건한 사람도 버거운 법이다. 따라서 나는 아픈 사람에게 침대를 버리고 달려가라고 충고하고 싶다. 어느 날, 갓 이민 온 사람이 전 재산이 든 보따리를 메고는(목덜미에 난 큰 혹처럼 보였다) 비틀거리며 걸어가는 것을 본 적이 있다. 그에 절로 연민이 느껴진 까닭은 그것이 그가 가진 전부라서가 아니라, 짐이 너무 컸기 때문이다. 필자가 덫을 하나 끌고 다녀야만 한다면 되도록 가벼운 놈을 고를 것이고,

그에 급소를 다치지 않도록 조심할 것이다. 아니, 애당초 덫에 손발을 넣는 짓은 하지 않는 편이 현명할 것이다.

커튼을 장만하는 데도 돈이 들지 않았다는 이야기도 해야겠다. 해와 달 외에는 누구도 창을 들여다볼 사람이 없었고, 해와 달은 단연 그러기를 바랐으니 말이다. 달빛에 우유나 고기가 상하지도 않거니와, 햇빛에 휘어질 가구나 색이 바래질 양탄자도 없었다. 이따금씩 태양이 너무 뜨거울 때는 가계부 지출을 하나 더 늘리느니, 차라리 자연이 제공하는 커튼으로 자리를 옮기는 것이 더 경제적일 것이다. 어느 부인은 매트를 주겠다고 했으나, 집에 둘 자리도 없었고, 집 안팎에서 이를 털 시간도 없어 사양했다. 문 밖의 잔디에 구두를 문지르는 편이 훨씬 낫다. 문젯거리는 애당초 피하는 것이 좋다.

얼마 전, 어느 교회 집사의 가재를 경매하는 곳에 간 적이 있다. 평생 살림깨나 장만한 모양이었다.

"인간의 죄악은 사후에도 살아있다."

흔히 그렇듯, 그의 가재도 대개 아버지 때부터 쌓인 잡동사니였다. 그 중에는 말라붙은 촌충도 한 마리 끼어있었다. 이는 다락방과 먼지 구덩이에서 반세기간이나 보낸 지금도 소멸되지 않았다. 한데 모아두고 소각함으로써 정화한다는 의미의 파괴를 당하지 않고, 경매에 붙여 가격이 오르고 있었다. 동네 사람들이 구경차 몰려들었는데, 가구는 결국 하나도 남지 않고 다 팔렸다. 가구는 조심스레 각자의 다락과 먼지 구덩이로 옮겨졌다가 주인이 죽으면 유품으로 처분되는 전철이 다시금 반복될 것이다. 사람이 죽으면 그는 먼지를 걷어찬다.

미개인의 어떤 습관에는 우리가 본받으면 유익하리라 생각되는 것도 있는데, 이를테면 매년 허물을 벗는 의식이 바로 그것이다. 실체야 어떻든, 취지는 제대로 알고 있었다. 바트램Bartram은 머클래시 인디언the Mucclasse Indians의 그런 습관을 저서에 기술했다. 이른바 '초실잔치feast of first fruits'라는 '버스크busk'를 우리도 치르면 좋지 않겠는가?

"한 마을에서 '버스크'가 열릴 때 그들은 새 옷과 솥과 냄비 및 기타 살림도구와 가구를 미리 준비해둔 뒤, 헌옷과 지저분한 물건을 한데 모으고, 집과 거리와 마을을 깨끗이 청소하여 쓰레기를 모아두고는, 이를 남은 곡식과 음식물과 함께 산적이 쌓아 태워버린다. 그러고는 어떤 약을 먹고 3일간 단식하는데, 그것이 끝나면 마을의 불을 모두 끈다. 단식 기간에는 식욕과 성욕을 비롯한 육욕은 일체 억제해야 하며, 특별사면으로 죄인들이 모두 고향으로 돌아갈 수 있다."

"나흘째 아침, 대제사장은 마른 나무를 비벼 광장에 새로운 불을 피워두고, 모든 가정은 이 불에서 새롭고 깨끗한 불씨를 받는다."

그 후에는 주민들이 사흘간 햇곡식과 햇과일로 잔치를 벌이며 가무를 즐긴다. "다음 나흘 동안은 자신처럼 몸을 정화하고 새 단장한 이웃의 친구를 맞아들이며 함께 잔치를 만끽한다."

멕시코인도 52년이 끝날 때마다 이와 흡사한 정화 축제를 지내는데, 그 까닭은 52년마다 한 세상이 끝나고 새로운 세상이 도래한다고 믿었기 때문이다.

좀더 진정한 성례를 두고는 '내적/영적인 은혜가 가시적인 것으로 드러나는 표징'이라고 정의하는데, 인디언의 '버스크'만큼 이 취지에 합당한 성례는 들어본 일이 없다. 애당초 이 같은 성례를 지내도록 하나님께 직접 감흥을 받았다는 것은 필자가 확신하는 바이기도 하다. 비록 그런 계시를 기록한 성경이 없더라도 말이다.

무엇을 위해
살았는가?

집터

인생의 어느 계절이 되면 모든 장소를 집터로 여기는 데 익숙해진다. 그래서 필자는 현주소에서 반경 20킬로미터 내에 있는 땅을 두루 살펴보았다. 그러고는 모든 농장을 차례로 사들이는 자신을 마음에 그렸다. 그 농장이 죄다 매물로 나온 데다 가격을 알고 있었기 때문이다. 필자는 농장을 하나하나 둘러보면서 거기서 자생하는 야생사과를 맛보기도 하고, 주인과 농사를 두고 담소를 나누기도 했다. 마음속으로 나는 가격에 상관없이 부르는 값을 다 주고 사들이고는 다시 그들에게 저당을 잡혔다. 주인이 부르는 값보다 더 높은 가격을 매길 때도 있었다. 이 모두를 인수하면서 토지문서만은 받지 않았는데, 이는 내가 이야기하는 것을 즐긴 탓에 문서 대신 그의 말을 믿기로 했기 때문이다. 필자는 그의 농장을 경작하는가 하면 그 농부도 어느 정도 그랬으며, 이런 일을 충분히 즐긴 다음에는 농장을 다시 그에게 맡기고 떠났다. 이 같은 행적에 지인들은 나를 일개의 부동산 중개인으로 보기도 했다. 앉는 곳이 어디든 그곳에 살게 될 가능성이 있었으므로, 경지는 나에게서 방출되었다. 그렇다면 '자리' 외의 집은 무엇일까? (자리가 시골이었으면 더 좋았으리라) 필자는 쉽게 개발될 것 같지 않은 집터를 많이 발견했다. 혹자는 그 집터가 마을에서 너무 떨어져 있다고 여길지는 모르나 내 입장에서는 마을이 거기서 너무 떨어져 있다고 보는 편이 옳을 듯싶었다. '아, 여기 좋겠군!' 그러고는 한 시간 동안 현장에 살면서 여름과 겨울을 지냈다. 몇 년이란 세월을 보내기도 했고, 겨울과 싸우다 봄을 다시금 맞아들이는 나를 그려보기도 했다. 그곳에 살 사람들은 장차 집을 어디에 짓든, 저보다 그곳을 먼저 집터로 생각한 사람이 있었다는 것을 믿을지도 모르겠다. 오후에는 땅을 과수원과 숲과 초원 등으로 구분해두고, 멋진 떡갈나무와 소나무를 문 앞에 둘 것인데, 그 덕분에 어느 편에서 봐야 고목이 가장 돋보일지 결정할 수 있었다. 그러고 나서 나는 땅을 경작하지 않고 그대로 두었다. 그럴수록 그는 더 부유하니까.

상상력으로 농장 매입 우선권을 갖게 되었는데 그야말로 내가 바라던 전부였다. 사실 땅을 소유해서 손가락을 덴 적은 없었다. 실제로 땅을 소유할 뻔했던 적은 할로웰 대지the Hollowell place를 매입했을 때였다. 그런 다음, 필자는 거기에 뿌릴 씨앗을 고르기 시작했고, 씨앗을 운반할 외바퀴 수레를 만들 재료도 모았다. 하지만 땅 주인이 문서를 넘겨주기 전에 그의 아내가 마음을 바꾸어(누구에게나 이런 아내가 있다), 농장을 팔지 않겠다 했고 주인은 해약금으로 10달러를 주겠다고 했다. 솔직히 말해, 그때 가지 돈이라고는 10센트 밖에 없었는데, 내가 10센트를 가진 사람인지, 농장을 가진 사람인지, 10달러를 가진 사람인지 혹은 이 모두를 전부 가진 사람인지는 산수 실력으로는 헤아릴 수가 없었다. 그러나 필자는 그더러 10달러도, 농장도 그냥 두라고 했다. 이 농장을 이미 가질 만큼 가졌기 때문이다. 아니, 그보다는 손을 좀더 크게 벌려, 산값에 농장을 되팔고 그가 풍족한 사람이 아니므로 그에 10달러를 더 얹어 주었다고 하는 편이 더 나을 듯싶다. 그리고도 10센트와 씨앗과 외바퀴 수레를 만들 재료가 여태 남아있었다. 그리하여 나는 청렴에 아무런 오점을 남기지 않고 잠시 동안이나마 부자가 된 기분을 누렸다. 물론 농장의 경치만은 그대로 만끽하기도 했고, 그 후에도 손수레를 사용하지 않고 해마다 경치의 소득을 거두어왔다. 경치에 대한 나의 노래는 이렇다.

"시야에 든 모든 것의 군주는 바로 나,
짐의 권리를 의심하는 자는 없도다."

— 알렉산더 셀커크Alexander Selkirk

마침내 북풍이 불기까지

마침내 북풍이 불고,
중반 이상의 빙설을 담기까지,
건장한 거위는 후위를 맡았다,
차디찬 해를 뒤로 남겨둔 채

할로웰 농장

시인이 어느 농장의 가장 값진 부분을 즐기고 나면 물러나는데, 무뚝뚝한 농부는 이때 시인이 야생사과 몇 개를 따갔으려니 생각할 뿐이다. 그는 시인이 농장을 눈에 보이지 않는 가장 훌륭한 울타리인 '운율'에 옮겨두고는, 그에 가둔 채 젖을 짜고 지방분을 걷어낸 다음 크림은 죄다 떠갔으며, 저에게는 우유 찌꺼기만 남겨놓았다는 것을 몇 해를 두고도 알지 못한다.

할로웰 농장의 가장 큰 매력은 외진 곳에 자리 잡고 있다는 사실이 아닐까 싶다. 농장은 마을에서 3킬로미터쯤 떨어져 있었고, 가장 가까운 이웃과도 약 1킬로미터 간격이 있었으며, 넓은 밭이 들어선 탓에 도로에서도 떨어져 있었다. 또한 강을 끼고 있다는 점도 매력인데, 주인 말로는 강의 안개가 봄 서리로부터 농장을 보호한다고 했지만 내 입장에서는 아무래도 상관이 없었다. 폐허 같은 모습을 한 회색 가옥과 외양간, 다 허물어져가는 울타리도 마음에 들었다. 울타리는 상당한 간격을 두고 나와 전 주인을 갈라놓았다. 속이 비고 이끼가 덮인 사과나무들도 있었는데, 토끼가 갉아먹은 흔적이 있어 이웃에 사는 녀석들의 성질머리를 일러주었다. 하지만 무엇보다도 큰 매력은 예전에 배를 타고 강을 거슬러 올라갔던 때의 추억이었다. 당시 이 집은, 무성히 숲을 이룬 단풍나무에 가려 보이지 않았고, 숲 사이에는 집의 개가 짖는 소리만 들렸다. 필자는 땅 주인이 바위를 들어내고, 속이 빈 사과나무를 베어버리고, 풀밭에 자라던 어린 자작나무를 뿌리째 뽑아 던지기 전에, 즉, 농노 개량 작업을 진척시키기 전에 이를 사들이려고 서둘렀다. 농장이 가진 매력을 마음껏 누리고 싶어 나는 아틀라스Atlas처럼 세계를 어깨에 짊어지고 온갖 힘든 일을 해낼 각오가 되어 있었다. 아틀라스가 고생의 대가로 무엇을 받았는지는 들은 바가 없으나, 온갖 궂은일을 마다하지 않았던 동기나 구실은, 다만 이 농장의 대금을 다 치르고 누구의 간섭도 받지 않고 이를 가져보겠다는 것뿐이었다. 농장을 사서 그냥 내버려둘 수만 있다면 내가 원하는 농산물을 풍성하게 거둬들이게 되리라는 것을 알고 있었던 것이다. 그러나 앞서 언급했듯이, 실제로 농장은 사지 못했다.

이렇게 해서 대규모의 영농(자그마한 채소밭은 늘 가꾸어왔지만)을 둘러싼 체험은 농장에 뿌릴 씨앗만 준비한 데서 막을 내렸다. 많은 사람들은 해가 묵을수록 씨앗이 좋아진다고 생각한다. 시간이 지나면 씨앗의 좋고 나쁨이 가려지는 것은 틀림없는 사실이다. 그래서 내가 파종할 때쯤이면 농사가 실패할 가능성은 크게 줄어들 것이다. 여기서 친애하는 여러분께 당부하고 싶은 것은, 되도록 자유롭고 얽매지 않은 삶을 영위하라는 것이다. 농장이든 군 형무소든, 얽매이는 데는 별 차이가 없다.

고대 로마의 카토Cato는 《전원생활론De Re Rustica》에서 다음과 같이 밝혔다. (이 책은 내게는 영농잡지와도 같은 구실을 하고 있는데, 내가 본 유일한 번역본은 이 대목을 엉망으로 풀이해 놓았다) "농장을 매입할 때는 탐욕으로 들입다 달려들지 말고, 먼저 이를 머릿속에 넣고 이리저리 굴려보라. 농장을 살펴보는 데에도 수고를 아끼지 말아야 하며, 한번 둘러보는 것으로 만족하지 마라. 좋은 농장이라면 자주 볼수록 더 마음에 들

것이다." 필자 역시 충동적으로 농장을 매입하진 않을 것이고, 살아 생전 이를 계속 둘러볼 참이다. 거기에 죽어서 먼저 묻히면 그 땅은 더욱 내 마음에 들게 될 것이다.

일찍이 개종치 않은 성인

일찍이 개종치 않은 성인은,
낮의 전성기나 밤의 타락에서 벗어나,
책망을 받지 않은 야만족이다,
문명의 날이 이르자,
그는 출생이후
대지의 변두리를 밟아왔다

문에서 보이는 전망

문에서 보이는 전망은 한층 더 좁았지만 조금도 답답하거나 갇혔다는 기분은 들지 않았다. 마음에 그려본 초원은 넓디넓었다. 호수 맞은편 기슭에는 떡갈나무가 우거진 대지가 있는데, 이는 서부의 대평원과 타타르인Tartary이 사는 초원지대로 뻗었으며, 방황하는 인류의 가족에게 넉넉한 공간을 베풀었다. "광활한 지평선을 마음껏 즐기는 자 외에 행복한 자는 세상에 없다." 다모다라Damodara가 가축에게 더 넓은 목장이 필요하게 되었을 때 한 말이다.

시간과 공간은 둘 다 바뀌어, 필자의 관심을 자극해온, 우주의 어느 지역과 역사의 시대에 더욱 근접하여 살게 되었다. 필자의 현주소는 밤이면 천문학자들이 관측하는 수많은 곳처럼 사람에게서 멀리 떨어져 있었다. 우주의 먼 한구석에, '카시오페이아의 의자Cassiopeia's Chair' 너머에, 우리는 속세의 잡음과 번거로움을 떠나 희귀하고 즐거운 장소가 있을 거라고들 생각한다. 필자의 집도 그처럼 동떨어져 있으면서도 항상 새롭고 더럽혀지지 않은 곳에 있음을 알았다. 만약 플레이아데스the Pleiades나, 히아데스the Hyades, 알데바란Aldebaran이나 견우성Altair 근처에 사는 것이 가치가 있다면, 실은 나도 그런 곳에 살고 있었다. 내가 버려두고 온 생활에서 별의 거리만큼이나 멀리 떨어져, 가장 가까운 이웃에게도 작고 먼 모습으로 반짝이고 있었기에, 달이 뜨지 않는 밤에나 눈에 띄었을 것이다. 필자가 자리를 잡은 곳은 우주의 그런 곳이었다.

"한 목동이 살고 있었네,
고매한 마음을 품던 그는
양 떼가 시간마다 그에게 먹을 것을 주던
저 산만큼이나 높은 생각을 품었다네."

높은 느릅나무 위로

높은 느릅나무 위로
때까치가 순서를 바꾸어 부드러이 종을 울리네.
어느 때 같은 여름날,
생각을 거리로 집어 올리려 하네

소박함

　양 떼가 항상 목동의 생각보다 높은 풀밭에서 헤맨다면 그의 삶은 어떻게 될까? 아침은 언제나 내 생활을 자연 본연의 모습처럼 소박하고 순결하게 지키라는 초대장과 같았다. 필자는 고대 그리스 사람처럼 늘 새벽의 여신을 숭상해왔다. 매일 아침, 일찍 일어나 호수에서 멱을 감았다. 이는 일종의 종교행사이자 최선이었다. 중국 탕왕King Tching Thang의 욕조에는 다음과 같은 글귀가 새겨져 있었다고 한다. '날마다 그대를 새롭게 하라. 날이면 날마다 새롭게 하고, 영원히 그렇게 하라.' 그에 전적으로 동감한다. 아침은 영웅의 시대를 다시금 불러온다. 이른 새벽, 문과 창을 활짝 열고 앉아있노라면 모기 한 마리가 들릴 듯 말 듯 윙윙대며 집안을 날아다니는 소리가 들린다. 그런데 언젠가는 볼 수도, 상상할 수도 없이 나는 모기의 울음소리를 듣고는, 명성을 노래한 어떤 나팔소리에 못지않은 감명을 받은 적이 있다. 호머의 레퀴엠requiem을 두고 하는 말이다. 이는 《일리아드》와 《오디세이》 같은 공중의 서사시로 자신의 분노와 방황을 노래했다. 어떤 우주적인 면도 가미되었다. 모기 소리는 세계의 끝없는 힘과 번식에 대한 지속적인 광고였다. 하루 중 기억력이 가장 왕성한 아침은 잠이 깨는 시간이기도 하다. 이때는 잠이 제일 적다. 밤낮을 가리지 않고 잠만 자는, 신체의 일부가 이때는 최소 한 시간은 깨어있다. 하인이 기계적으로 흔들어서가 아니라, 우리의 천재성으로 깨워지고, 공장의 종소리 대신 천상의 부드러운 음악을 들으며 향기가 가득한 가운데 새롭게 얻은 힘과 내면의 열망으로 깨워질 때, 전날보다 더 고귀한 삶이 시작되며, 어둠도 열매를 맺어 빛 못지않게 소중한 것임을 입증하게 된다. 그렇지 못한 날은 (이를 하루라고 불러도 되는지는 모르겠지만) 별로 기대할 것이 없는 날인 듯싶다. 하루가 여태 더럽힌 시간보다 더 이르고, 성스런 새벽을 담고 있다는 것을 믿지 않는 사람은 인생에 이미 절망한 사람이며, 어두워가는 내리막길을 걷는 사람이다. 매일 밤, 인간이 감각적인 생활을 일부 중단하면 영혼이나 그 기관들은 활력소를 되찾고, 새날을 맞을 천재성은 고귀한 삶을 어느 정도나마 성취하기 위해 다시금 시도하게 된다. 기념할 만한 모든 사건은 아침이나, 아침의 분위기에서 이루어진다. 베다의 경전The Vedas은 "모든 지성은 아침과 함께 깨어난다"고 이야기한다. 시와 예술과, 가장 아름답고 훌륭한 인간의 활동은 그 같은 아침에서 비롯되었다. 시인과 영웅은 모두 멤논Memnon처럼, 새벽의 여신 오로라Aurora의 자녀며, 해가 뜰 때 음악을 연주한다. 태양과 보조를 맞추어 탄력 있고 힘찬 사상을 유지하는 사람에게 하루는 항상 아침이다. 시계가 몇 시를 가리키든, 타인의 태도와 일이 어떻든 상관없다. 아침은 내가 깨고 내게 새벽이 있는 때다. 도덕개혁은 잠을 쫓아내려는 노력이다. 사람들이 졸고 있지 않다면 왜 하루를 그처럼 쓸모없이 보내겠는가? 계산에 어두운 사람도 아닌데 말이다. 졸음을 감당할 수 있었다면 그들도 무언가를 해냈을 것이다. 수백만이 육체노동을 할 만큼은 깨어있으나, 100만 명 중 한 사람만이 능률적인 지적 활동을 할 만큼 깨어있고, 1억 명 중 한 사람만이 시나 신적인 삶을 살 수 있을 만큼 깨어있다. '깨어있다'는 것은 살아있는 뜻이다. 필자는 지금까지 완전히 깨어있는 사람을 만난 적이 없다. 그러니 내가 어떻게 그의 얼굴을 볼 수 있었겠는가?

꿈을 꾼 것은 아니다

시 한 줄을 장식한답시고,
꿈을 꾼 것은 아니다;
월든 호수에 살지 않고서야
하나님과 천국에 더 가까이 갈 수는 없다
나는 호수의 돌 깔린 기슭이며
그 위를 스치는 미풍이다;
손바닥에는 호수의 물과 모래가 담겨 있고,
호수의 가장 깊은 곳은
뇌리의 높은 곳에 있다

깨어 있으라

우리는 다시 일어나야 하며 계속 각성하는 비결을 습득해야 한다.
기계적인 방식보다는, 숙명에 빠졌을 때도 인류를 포기하지 않는 새
벽을 학수고대하면 그럴 수가 있다. 필자는 의식적인 노력으로 생활
을 향상시키는, 의심할 여지없는 인간의 능력보다 더 고무적인 사실
은 모른다. 그림을 그리고 조각해서 어느 대상에 아름다움을 부여하
는 것은 실로 대단한 일이다. 하지만 우리가 사물을 보는 분위기 자
체나 매체를 조각하고 색칠할 수 있다면 그것이 훨씬 더 멋진 일이며,
실로 우리에게는 그런 역량이 있다. 하루의 본질에 영향을 미치는 것이
야말로 최고의 예술이다. 누구에게나 자신의 삶을 사소한 영역까지도

숭고하고, 소중한 시간에 음미해볼 가치가 있도록 만들 의무가 있다. 우리가 얼마 되지 않은 지식을 거부했거나 다 써버린다면, 신탁은 우리가 어떻게 전술한 일을 해낼 수 있는지 그 방편을 똑똑히 일러줄 것이다.

필자가 숲에 들어간 것은 인생을 의도적으로 살아보고, 이생의 본질적인 사실만을 맞닥뜨리고 싶었을 뿐 아니라, 인생이 가르치는 바를 배울 수 있는지 알아보고자 하여, 마침내 임종을 앞두었을 때 '내가 헛된 삶을 살았구나' 하며 후회하는 일이 없도록 하기 위해서였다. 삶이 아닌 것은 버리려 했으니, 삶은 그처럼 소중하기 때문이었다. 정말 불가피한 경우가 아니라면, 체념의 철학은 따르지 않기로 했다. 나는 생을 길게 살고, 인생의 골수를 죄다 빨아먹기를 바랐으며, 강인하고 엄격하게 살아서, 삶이 아닌 것은 모두 엎어버리고 싶어 했다. 수풀을 폭넓게 잘라내고 잡초를 베어내어 인생을 구석으로 몰고 간 다음, 이를 가장 근본적인 요소로 압축한 결과, 인생이 비천한 것으로 밝혀지면 비천한 부위를 적나라하게 확인하여 있는 그대로 세상에 알리며, 혹시라도 인생이 숭고한 것이면 그 숭고한 점을 스스로 체득하여 다음 여행 때는 이를 정확히 보고하고 싶었다. 필자 생각에 사람들은 대부분 인생이 악마의 것인지, 신의 것인지 이상하리만치 확신하지 못하며, 삶의 주요 목적을 두고는 '하나님을 찬양하고, 그분에게서 영원한 기쁨을 얻는 것'이라며 다소 성급하게 결론을 내리고 있는 듯싶다.

보기만 하면 모습을 드러내리라

밤에 땅의 일기를 보기만 해도
모습을 드러낼 것이다
최후의 심판이 하늘과 땅 사이의
어느 길에 서게 될지

왜 그리 분주하게 살아야 하는가?

왜 그리 쫓기듯 인생을 허비하며 살아야 하는가? 우리는 배가 고프기도 전에 굶어죽을 각오로 살고 있다. 게다가 "제때의 한 바늘이 훗날 아홉 바늘의 수고를 덜어준다"며 내일의 아홉 바늘을 덜기 위해 오늘 천 바늘을 꿰매고 있다. 그러나 정작 일을 두고는 이렇다 할 중요한 것도 전혀 않고 있다. 무도병the Saint Vitus' dance에 걸려 머리도 가만히 놔줄 수가 없다. 내게 불이 붙은 듯, 당장 교회 종을 몇 번 치기라도 하면, 콩코드 교외의 농장에서 일하는 모든 사내들을 비롯하여(아침까지만 해도 그처럼 여러 가지 일로 바쁘다고 변명했지만) 아이와 부녀자들까지도 만사를 제쳐두고 달려올 것이다. 사실, 불을 끄는 것보다는 불구경에 더 관심이 클 것이다. 어차피 타버릴 것이고, 우리가 불을 낸 것도 아니니 하면서 말이다. 그렇지 않다면 불 끄는 것을 구경하고 그에 한몫 잡으려는 것인데, 불 끄는 것도 꽤 재미있는 일이기 때문이다. 그들에게는 마을의 교회가 불에 타도 상관이 없다. 저녁을 먹고 나서 한 30분간 눈을 붙인 사람이 깨자마자 고개를 쳐들고는 "별일 없소?"라고 묻는다. 그를 제외한 사람들이 죄다 보초라도 섰던 모양이다. 혹자는 30분마다 깨워 달라 당부하고 잠을 청하는데 그도 생각이 같다. 그러고 나면 깨워준 보답으로 꿈을 들려준다. 하룻밤을 자고 나면 뉴스는 아침식사만큼이나 필수적인 아이템이 된다. "누구에게나, 언제, 어디서든 벌어진 사건은 무엇이든 알려주시오"라며 그는 커피와 롤빵을 들며 신문을 읽는다. 그가 읽는 뉴스는 와치토 강변the Wachito River에서 어떤 사람의 눈이 뽑혔다는 소식인데, 그 자신은 세상이라는, 어둡고 깊이를 알 수 없는 거대한 동굴에 살고 있으며 자신도 퇴화되어 흔적뿐인 눈 한쪽만을 가지고 있다는 사실을 그는 꿈에도 알지 못했다.

필자는 우체국이 없어도 별 불편 없이 지낼 수 있을 것이다. 중요한 연락을 위해 우체국을 이용해야 할 경우는 거의 없기 때문이다. 좀 더 비판적으로 말하자면, 우표 값이 아깝지 않은 편지는 평생 한두 통밖에는 받지 못하였다. '페니 우편제도the penny-post'는 1페니 줄 테니 생각을 일러달라던 농담이 정말 1페니를 내는 제도가 된 것이 아닌가? 또한 필자는 신문에서도 기억해둘 만한 뉴스를 읽은 적이 없다. 혹자가 강도를 만났다든가, 살해를 당했다든가, 사고로 죽었다든가, 집이 불에 소진되고, 배가 침몰하고, 증기선이 폭발하는가 하면, 소가 서부 철도노선에서 기차에 치이고, 미친개가 죽임을 당하고, 겨울에 메뚜기 떼가 나타나는 등, 신문에 실린 소식은 두 번도 읽을 필요가 없다. 한 번이면 족하다는 이야기다. 원리만 알면 되지 실례와 이를 적용한 것을 구태여 들을 필요가 있으랴? 철학자에게 뉴스는 모두 가십에 지나지 않으며, 이를 편집하거나 읽는 사람은 차나 마시는 늙은 아낙네인 것이다. 그럼에도 가십이라면 사족을 못 쓰는 사람이 적잖은 듯싶다. 이야기를 들으니, 얼마 전 어느 신문사 사무실에 근래에 입수된 해외 뉴스를 알려고 사람들이 몰려든 탓에 본사의 통유리 몇 장이 깨졌단다. 해외 뉴스는 웬만큼 재치가 있는 사람이라면 12개월 전이나 또는 12년 전에 정확히 작성할 수 있는 것이라고 생각한다. 가령 스페인의 돈 카를로스Don Carlos나 인판타the Infanta 공주나 돈 페드로Don Pedro 같은 정계 인사들의 이름과 세빌리아Seville나 그라나다Granada 같은 지명을(신문을 마지막으로 본 후 이름이 달라졌을지도 모르지만) 그때그때 적당히 집어넣어 기사를 만들되 특별한 이야깃거리가 없을 때는 투우 이야기를 실으면 그것이 스페인의 실상이 될 것이며, 신문에 나온 동일 제목의 간결하고 명료한 기사들 못지않게 스페인의 정확한 근황이나 무질서한 형편을 우리에게 전달해줄 것이다. 예컨대, 영국에서 벌어진 주요 뉴스 중 최근 것은 1649년 혁명이었다. 여러분이 영국의 1년 평균 수확량을 이미 알고 있다면, 영국의 농업을 상대로 벌인 투기와 관련이 없는 한, 이를 더는 신경 쓰지 않아도 될 것이다. 필자처럼 신문을 별로 보지 않는 사람의 입장을 감안한다면 외국에서는 새로운 일이 전혀 일어나지 않는다 해도 과언이 아닐 것이다. 프랑스에서 자주 벌어지는 혁명도 아울러 하는 이야기다.

뉴스가 무엇인가! 시간이 지나도 낡지 않는 것을 아는 일이 그보다 더 중요하지 않겠는가! 위나라의 대부 거백옥은 공자에게 사람을 보내어 근황을 물었다. 공자는 전령을 자기 옆에 앉히고는 이렇게 물었다고 한다. "그대의 주인은 지금 무엇을 하시는가?" 전령은 공손히 대답했다. "당신의 허물을 줄이려 하시지만 여의치가 않사옵니다." 그러자 전령이 간 다음 공자가 말했다. "훌륭한 전령이로다! 참 좋은 전령이로다!" 목회자는 주일에(일요일은 잘못 보낸 한 주일의 적절한 끝이지 돌아오는 주의 유쾌하고 용감한 시작은 아니니까) 지루하기 짝이 없는 설교로 졸린 농부의 귀를 또 한 번 괴롭히는 대신 우레와 같은 목소리로 야단을 쳐야 할 것이다. "서라! 멈춰라! 겉으로는 빠른 척하면서 왜 그리도 느린가?"라고 말이다.

속임수와 기만이 가장 건전한 진실로 존중을 받고 있는 반면, 진실은 거짓으로 포장되고 있다. 사람들이 진실만을 분명히 보고 속임수를 용납지 않는다면 삶은 지금과는 달리 동화나 《아라비안나이트》의 이야기처럼 즐거운 에피소드가 될 것이다. 필연적인 것과 당연히 존재해야 마땅한 것만을 존중한다면 음악과 시가 거리에 흘러넘칠 것이다. 우리가 서두르지 않고 분별력을 발휘할 때, 오직 위대하고 가치 있는 것만이 항구적이고 절대적인 가치를 지니고 있다는 것을 깨닫게 될 것이며, 사소한 두려움이나 쾌락은 참된 현실의 그림자에 불과하다는 사실을 알게 될 것이다. 이 숭고한 진리는 우리에게 늘 용기를 준다. 사람들은 눈을 감아버리거나, 졸거나 혹은 허위에 속아 자신의 인습적인 일상을 확립한다. 일상은 여태 순전한 허구의 토대 위에 세워져 있다. 이제 막 소꿉놀이나 하면서 인생을 배우는 어린이들이 어른보다 인생의 참다운 법칙과 관계를 더 명확하게 구분해낸다. 어른은 인생을 가치 있게 살지도 못하면서 경험으로, 아니, 실패로써 저들이 아이보다 더 현명하다고 생각한다.

"옛날에 어떤 왕자가 있었는데, 갓난아이 때 왕궁에서 쫓겨나 나무

꾼이 그를 길렀다. 훗날 그는 어른이 되었고, 자신을 미개인 부족의 일원으로만 여기고 있었다. 그러던 어느 날, 부왕의 대신이 젊은이를 발견하여 신분을 알려주자, 그는 오해를 풀고 자신이 왕자임을 알게 되었다.” 필자가 힌두교 서적에서 읽은 내용이다. 힌두 철학자는 덧붙여 말했다. “이처럼 영혼도 자신이 처한 환경으로 본성을 오해하고, 그러다가 어느 거룩한 스승이 진리를 밝혀주면 그제야 자신이 브라흐마Brahme라는 것을 알게 된다.” 뉴잉글랜드 주민들이 작금과 같이 비천한 생활을 하고 있는 까닭은 사물의 표면을 꿰뚫어보는 안목이 없기 때문이라고 생각한다. 우리는 자신처럼 보이는 것이 실제로 존재한다고 간주하는데, 어떤 이가 마을을 돌아다니며 진실만을 본다고 한다면 마을의 중심부인 ‘밀담Mill-dam’은 어디로 가겠는가? 그가 거기서 본 진실을 들려준다면, 우리는 그가 말하는 장소를 알아듣지 못할 것이다. 공화당이나 재판소나 교도소나 매장이나 주택을 보라. 진실한 눈으로 응시할 때 과연 그것이 무엇일지 말해보라. 그러면 도중에 그것은 모두 산산조각이 날 것이다. 사람들은 진리가 먼 어딘가에 있으리라 짐작한다. 진리가 우주의 외곽 어디에, 가장 멀리 있는 별 너머에, 아담의 이전에, 혹은 최후의 인간 다음에 있는 것으로 치부한다. 물론 영원에는 진실하고 고귀한 무언가가 있다. 하지만 모든 시간과 장소와 사건은 바로 여기에 있는 것이다. 하나님 당신도 지금 지고한 위치에 있으며, 과거와 미래를 비롯하여 그 어느 시대도 지금보다 더 거룩하지는 않을 것이다. 우리는 주변을 둘러싸고 있는 진실을 계속 흡입하고 그에 젖어듦으로써 숭고하고 고매한 무언가를 파악할 수 있는 역량을 얻게 된다. 우주는 끊임없이 인간의 착상에 순순히 응답해준다. 빠르든, 느리든 우리의 행보는 자신을 위하여 마련되어 있다. 그렇다면 새로운 구상으로 인생을 향유하자. 시인과 예술가가 아무리 아름답고 고상하게 구도를 잡았더라도 후손 중 누군가가 이를 완성시키지 못한 적은 아직 없다.

하루를 자연만큼이나 의도적으로 보내자. 호두 껍데기나 모기 날개 따위가 선로 위에 떨어진다고 매번 탈선하는 일은 없어야 겠다. 아침에는 일찍 일어나서 식사를 하든, 거르든 차분하게 마음의 평안을 만끽하라. 손님이 오든, 가든, 종이 울리든, 아이들이 울든, 단호하게 하루를 보내라. 왜 우리가 물결에 무너져 떠내려가야 하는가? 정오의 얕은 모래톱에 자리 잡은 점심이라는, 저 무시무시한 격류와 소용돌이에 휘말리지 않도록 하라. 이를 모두 이겨내면 여러분은 안전한 곳에 진입하게 될 것이다. 내려가는 길만 남았으니까. 긴장을 풀지 말고 아침의 기백을 그대로 살리고, 율리시스처럼 돛대에 몸을 묶은 채 소용돌이를 빠져나가라. 기적이 울면 목이 쉬기까지 울도록 내버려두라. 종이 울린다고 뛰어갈 이유가 있는가? 이들이 내는 음악이 어떤 것인지 생각해볼 따름이다. 침착하게 자리를 잡고 일을 시작해보자. 사상과 선입견과, 전통, 망상 및 외양이라는 진흙탕에 발을 넣고 아래로, 지구를 덮고 있는 충적층을 지나, 파리와 런던, 뉴욕과 보스턴과 콩코드를 지나, 교회와 국가, 시와 철학과 종교를 지나, 마침내 "바로 이것이야! 여기가 틀림없어!"라고 말할 수 있는 진실, 즉 단단한 바위에 닿기까지 내려가 보자. 거점을 마련했다면 홍수와 서리와 불 아래쪽으로 성벽이나 국가의 토대를 닦고, 안전하게 램프를 세울 수 있고, 측량계를 달 수 있는 장소를 조성해보자. 측량계기는 '나일강 수위계Nilometer'가 아니고 '현실의 계기Realometer'로서, 거짓과 허식의 홍수가 얼마나 크게 범람했던가를 후손이 알 수 있도록 고안해낸 장치다. 여러분이 진실과 맞닥뜨릴 때 바로 선다면, 아랍의 신월도에 반사된 태양이 양면에서 번쩍일 것이고, 날카로운 칼날은 당신의 심장과 골수를 쪼개놓을 것이다. 그리하여 여러분은 행복을 누리며 삶을 마치게 되리라. 죽음이든 삶이든, 인간은 오직 진실만을 몹시 바란다. 사람이 정말 죽어가는 존재라면 목 안에서 '죽음의 가래가 끓는 소리'를 들으며 사지가 차가워지는 것을 느껴보라. 하지만 아직 살아있다면 자신의 본분에 최선을 다하라.

내 땅은 높다만

내 땅은 높다만,
건조하진 않다,
이슬이라는 녀석이
좁을 틈으로 걸러진다;
하늘에서는,
아직 가깝다;
흙은 푸르고
처녀궁도 그렇다

소리

책에 몰두하다

그러나 아무리 잘 고른 책이든, 고전이든 우리가 방언이나 특정한 언어로 집필된 책만 읽는다면, 정말 중요한 언어를 잊어버릴 위험이 있다. 이 언어야말로 만상과 사건을 비유하지 않고 이야기하는 것으로, 매우 풍부한 어휘와 표준성을 지녔으며 발표되는 것에 비해 적은 분량이 인쇄된다. 덧문 사이로 스며든 햇빛은 그 덧문을 완전히 걷어버리면 기억에서 종적을 감출 것이다. 어떤 관찰법과 훈련도 주의 깊게 살피는 태도를 대신하지는 못한다. 볼만한 것을 그때그때 놓치지 않고 보는 훈련에 비하면 아무리 잘 선택한 역사나 철학, 혹은 시의 강좌도, 최고의 교제도, 가장 모범적인 생활습관도 그리 대단한 것은 아니다. 여러분은 단순한 독자나 학생이 되겠는가, 아니면 '관찰자'가 되겠는가? 앞에 둔 것을 보고 여러분의 운명을 읽으라. 미래를 향하여 발을 내디디라.

첫 번째 여름에는 책을 읽지 못했다. 콩밭을 가꾸어야 했기 때문이다. 하지만 가끔은 일보다 더 나은 방법으로 시간을 보냈다. 꽃처럼 활짝 핀 어느 순간의 아름다움을 육체적이든, 정신적이든 일을 하느라 희생할 수 없는 때가 있었다. 필자는 인생에 넓은 여백이 있기를 원한다. 여름날 아침에는 여느 때와 같이 멱을 감은 다음 해가 잘 드는 문지방에 앉아 해 뜰 녘부터 한낮 내내 몽상에 잠기곤 했다. 주변에는 소나무와 호두나무 및 옻나무가 있었으며, 그 누구도 방해하지 않는 고독과 정적이 사방에 펼쳐졌다. 새만이 곁에서 노래하거나 소리 없이 집안을 넘나들었고, 그러다가 해가 서쪽 창문을 비추거나 멀리 한길을 달리는 어느 여행자의 마차 소리를 듣고서야 문득 시간이 흘러간 것을 깨달았다. 이 계절에 나는 밤사이 옥수수처럼 무럭무럭 자랐다. 이런 시간은 손수 벌이는 어떤 일보다 훨씬 소중했다. 그런 시간은 인생에서 공제되지 않고 되레 나에게 배정된 생명의 시간을 초과하여 부여된 특별수당과도 같았는데, 이를 깨닫고 나서야 동양인이 일을 포기하고 명상에 잠기는 이유를 이해할 수 있었다. 시간이 어떻게 흘러가든 개의치 않았다. 어떤 하루는 해야 할 일을 덜어주려는 듯이 지나가, 아침이 오면 어느 새 저녁이 되었다. 그렇다고 특별히 해놓은 일은 없었다. 새처럼 노래를 부르는 대신 끝이 없는 행운에 말없이 미소를 지었다. 참새가 집 앞의 호두나무에 앉아 지저귈 때 혼자 키득키득 웃었다. 새처럼 노래를 부르고 싶은 충동을 억누르려고 웃은 것인데, 참새는 내 둥지에서 나는 소리를 들었을 것이다. 하루하루는 이교도 신의 이름을 붙인 한 주의 어느 날도, 24시간으로 쪼개져 시계의 째깍째깍하는 소리에 먹혀들어가는 그런 하루도 아니었다. 나는 푸리족 인디언the Puri Indians처럼 살았다. 그들에 얽힌 이야기에 따르면, "어제와 오늘과 내일을 일컫는 말이 하나뿐인지라, 어제는 등 뒤를 가리키고, 내일은 앞을, 그리고 오늘은 머리 위를 가리켜서 뜻을 구별한다"고 한다. 마을 사람들에게는 이러한 생활이 매우 게으른 것으로 비쳐졌을 것이다. 그러나 새와 꽃이 자기 기준으로 나를 판단했다면, 합격 판정을 받는 데는 별 어려움이 없었을 것이다. 사실, 인간은 내부에서 동기를 찾아내지 않으면 안 된다. 자연의 하루는 매우 평온하며 인간의 게으름을 꾸짖지 않는다.

생활양식에 대하여는 오락을 사교모임이나 극장에서 찾을 수밖에 없는 사람에 비해 한 가지 큰 이점을 가지고 있었다. 이를테면, 삶은 그 자체가 오락이었으며 끝없는 새로움의 연속이라고나 할까. 장편이지만 종편은 없는 드라마였다. 최근에 배운 최선의 방법으로 생계를 잇고 생활을 영위해나간다면 결코 권태로 괴로워하진 않을 것이다. 천재성을 바짝 쫓아가라. 그러면 반드시 시간마다 새로운 장관이 보일 것이다. 집안일은 즐거운 소일거리였다. 마루가 더러워지면 일찌감치 일어나 침대와 침대보를 짐 하나로 싸는 식으로 모든 가구를 집 밖의 풀밭에도 옮겨두었다. 그러고는 마룻바닥에 물을 끼얹고 호수에서 가져온 흰모래를 그 위에 뿌리고는 마루가 깨끗하고 하얗게 될 때까지 대걸레로 박박 문질렀다. 마을 사람이 아침 식사 끝낼 무렵, 집은 아침 햇볕으로 충분히 말라서 다시 안으로 들어가 계속 명상할 수 있었다. 가재도구는 모두 풀밭 위에 나와 집시의 봇짐처럼 한 무더기로 쌓이고, 삼각탁자는 책과 펜과 잉크가 위에 놓인 채, 소나무와 호두나무들 사이에 자리 잡고 있는 모습을 보는 것은 유쾌한 일이었다. 그 물건도 밖으로 나온 것을 좋아하는 것 같았고, 다시 안에 들어가는 것은 싫어하는 듯 보였다. 때로는 그에 차일을 친 뒤 아래에 앉아있고 싶은 충동을 느꼈다. 이 물건에 햇빛이 비치는 것을 본다든가, 바람이 그 위로 거리낌 없이 스쳐가는 소리를 듣는 것은 기분 좋은 일이었다. 아무리 눈에 익었을지라도 집 밖에 내놓으면 집안에 있을 때와는 아주 색다르게 보이는 법이다. 바로 옆의 나뭇가지에는 새한 마리가 앉아있고, 보랏대국화는 탁자 밑에 자라고 있었으며, 검은 딸기의 넝쿨은 탁자의 다리를 휘감고 있었다. 주위에는 솔방울과 밤송이 껍질 및 딸기 잎사귀가 흩어졌다. 그리고 보니 이러한 형상들이 탁자나 의자, 침대나 가구에 새겨진 것은 바로 이 같은 경로가 아닐까 싶었다. 이를테면, 가구가 한때는 그런 자연 속에 놓여 있었다는 이유로 말이다.

필자의 집은 언덕의 중턱에 자리를 잡았는데, 그곳은 커다란 숲의 끝자락이었다. 집 주위에는 리기다소나무와 호두나무가 한창 무성하게 자라고 있었다. 호수까지의 거리는 30미터쯤 되었으며, 집에서 호수까지는 언덕을 내려가는 작은 오솔길을 밟아야 했다. 앞뜰에는 딸기와 검은딸기, 보랏대국화, 물레나물, 미역취, 떡갈나무의 관목, 모래 벗나무, 월귤나무 및 감자콩 등이 자라고 있었다. 5월 말이 되면 모래벗나무는 짧은 줄기 주변에 원통형의 산형꽃차례로 피어난 꽃들로 섬세하게 길 양편을 장식했다. 가을이 되면 나무의 줄기는 꽤 큼지막하고 보기 좋은 열매의 무게를 이기지 못해 방사선 모양의 화환처럼 사방으로 휘어졌다. 필자는 자연에 경의를 표하고자 열매를 하나 따먹어 보았으나 맛은 그다지 좋지 않았다. 옻나무들은 내가 만든 나지막한 토담을 뚫고 위로 뻗쳐 나와 집 주변에 무성했는데, 첫해만 해도 벌써 1.5~2미터까지 자랐다. 넓은 깃털 모양을 한 열대성 잎사귀는 이국적이면서도 보기가 좋았다. 커다란 새싹은 늦은 봄에 죽은 것 같아 보이던 마른 줄기에서 갑자기 터져 나오면서 마술처럼 푸르고 여린 가지로 자라났다(직경은 약 2.5센티미터). 너무 빨리 자라 마디에 부담을 준 탓에, 창가에 앉아있노라면 바람 한 점 불지 않는데도 싱싱하고 여린 가지가 무게를 견디지 못해 갑작스레 부채처럼 땅에 떨어지는 소리가 들리곤 했다. 꽃이 필 때 수많은 야생벌을 끌어들였던 커다란 딸기 덩굴은 8월이 되면 점점 우단 같은 밝은 진홍색을 띠는데, 이 딸기도 자신의 무게를 이기지 못해 휘어지면서 자신의 여린 줄기를 부러뜨렸다.

죽고 묻히라

죽고 묻히라,
여기에 조용히 살고 싶은 자는;
나의 본성은 훨씬 젊어진다
원시적 소나무 숲에서

창가에 앉아 있으려니

한여름 오후, 창가에 앉아 있으려니 몇 마리 매가 개간지 위를 빙빙 돌고 있다. 산비둘기가 두세 마리씩 시야를 가로질러 날고, 집 뒤의 백송 가지에 안절부절못하듯 내려앉곤 할 때마다 소리가 난다. 물수리 한 마리가 거울 같은 호수의 수면에 잔물결을 일으키며 물고기를 하나 채간다. 밍크 한 마리는 집 앞에 있는 늪을 살그머니 나와 물가에서 개구리를 잡아챈다. 왕골은 여기 앉았다, 저기 앉았다 하는 쌀먹이새의 무게에 눌려 휘청거린다. 반시간 전부터 보스턴에서 시골로 손님들을 실어 나르는 기차의 바퀴 소리를 듣고 있었는데, 그 소리는 들꿩의 날갯짓 소리처럼 이제는 안 들리겠거니 하면 다시 들리곤 했다. 필자는 마을 동쪽에 있는 어느 시골 농가에서 머슴을 살았던 소년처럼, 세상에서 멀리 떨어진 곳에 살고 있는 것은 아니었다. 아이는 얼마 견디지 못하고 도망쳤다가 다시금 귀가했는데, 옷은 누더기였고 향수병까지 걸렸다고 한다. 녀석은 그곳처럼 외지고 따분한 곳은 세상에 없을 거라고 말했다. 사람들은 모두 떠나 버리고 기적 소리도 들리지 않는 곳이었단다. 오늘날 매사추세츠 주에 그런 곳이 남아있으리라고는 생각지 않는다.

"진실로 마을은
저 날쌘 철도 화살의 표적이 되었네
평화로운 들판 위로 들리는 정겨운 소리는
콩코드."

피츠버그 노선은 우리 집에서 남으로 약 500미터 지점에서 호수 옆을 지난다. 나는 대개 이 철도의 둑길로 마을에 간다. 그러므로 어찌 보면, 나를 인간 사회와 연결시켜주는 역할을 철도가 하는 셈이다. 화물열차를 타고 이 노선의 양끝을 왕복하는 사람들은 오랫동안 알고 지내는 사람이라도 되는 것처럼 나에게 인사를 건넨다. 나를 여러 번 철로 변에서 만난 탓에 내가 저들과 같은 철도 회사 직원인 것으로 알고 있음이 분명하다. 어떤 의미에서는 그렇다고 할 수도 있겠다. 나

역시 지구의 궤도 어디에선가 선로 수리공 노릇을 하고 싶은 생각이 있으니 말이다.

기관차의 기적은 여름이고, 겨울이고 내가 사는 숲에서도 들려오는데, 이는 어느 농가 위를 나르는 매의 울음소리 같기도 하다. 기적 소리는 바쁘게 서두르는 수많은 도시의 상인들이 그 경계선에 당도하고 있으며, 그 반대편에는 한몫 잡으려는 시골 장사치들이 도착하고 있다는 것을 일러준다. 양쪽 상인들이 한 지평선 아래로 접근하면 그들은 서로 상대방더러 길을 비키라고 경고의 기적을 빽빽 울리는데, 이 소리는 때때로 두 읍의 안쪽까지 들리기도 한다. "자, 여러분, 농산물이 왔소! 시골 사람이여, 여러분의 식량이 왔단 말이오!" 토종 농산물로 자급자족하고 있어 "그런 건 필요치 않소!"하고 말할 수 있는 농부는 한 사람도 없다. "옜다, 돈 여기 있소!"하며 시골 사람의 기차는 기적을 울린다. 기차 안에는 성벽을 무너뜨리는 데 쓰는 파성퇴같이 생긴 목재들이 실렸고 도시의 성벽을 향하여 시속 32킬로의 속도로 달리고 있다. 성에 사는, 지치고 무거운 짐을 진 자를 모두 앉히기에 충분한 의자들도 실려 있다. 시골은 거창하고 투박한 예의를 보이며 도시에 의자를 넘긴다. 인디언 허클베리the Indian huckleberry로 뒤덮인 언덕이 발가벗겨지고, 넌출월귤이 지천에 널린 들녘도 갈퀴로 싹싹 긁혀 열매란 열매는 전부 도시로 보낸다. 면화는 도시로 올라오고, 옷감은 시골로 내려간다. 견직물은 올라오고, 모직물은 내려간다. 그런데 책이 올라오면 저자는 내려가는 것은 어찌된 영문인가?

차량을 몇 칸씩 단 기관차가 행성처럼 달리는 모습을 볼 때면(아니,

'행성처럼'이 아니라 '혜성처럼'이 더 낫겠다. 궤도가 순환 곡선인 것처럼 보이지 않기 때문에 그 속력과 방향으로 달려서는 기차가 다시 태양계로 돌아올지, 돌아오지 않을지 모르니까), 증기의 구름을 깃발처럼 휘날리며, 높은 하늘에서 자신의 모습을 햇빛에 펼쳐 보이는 수많은 새털구름같이 생긴 금은의 화환을 뒤에 남기면서 달리는 모습을 볼 때면(이를 보면 질주하는 '데미가드demigod,' 즉 구름을 휘어잡는 존재가 머지않아 석양의 하늘을 자기의 제복으로 만들 것만 같다), 이 철마가 발굽으로 대지를 뒤흔들고 불과 연기를 내뿜으며, 벽력같은 콧김이 울리는 것을 들을 때면, 지구는 그에 살 만한 자격을 갖춘 새로운 종족을 갖게 된 것이 아닌가 하는 생각도 든다.(새로운 신화에 날개 달린 말과 불을 뿜는 용을 추가할지도 모르겠다) 만상이 보이는 그대로인데다, 인간이 숭고한 목적을 위하여 자연의 힘을 하인으로 삼을 수 있다면 얼마나 좋을까! 기관차 위로 뿜어 나오는 연기가 영웅적인 행위로 난 땀이고, 농가의 밭에 떠 있는 구름처럼 자비로운 것이라면, 우주의 원동력과 자연의 여신도 인간의 사명을 위해 기꺼이 동반자가 되어 경호를 맡을 것이다.

아침 열차가 지나가는 것을 보니, 일출을 볼 때 느끼는 심정과 다를 바 없다. 기차도 해돋이 못지않게 시간을 정확히 지킨다. 기차가 보스턴을 향해 달리면 연기구름은 뒤처지면서 점차 하늘 높이 올라가는데 잠시 태양을 가리며 멀리 뵈는 필자의 밭을 그늘 속으로 집어넣는다. 연기구름은 하늘을 향해 달리는 기차와도 같다. 그에 비하면 땅을 달리는 기차는 한낱 창끝에 불과하다. 철마의 마부는 겨울 아침에도 말에게 모이를 주고 안장을 채우기 위해 산중에 기울어진 별빛을 보며 일어났다. 철마 속에 생명의 열을 넣어 출발 준비를 할 수 있도록 불도 일찍 눈을 떴다. 일찌감치 분주히 돌아가는 일이 순진무구한 것이라면 오죽 좋으랴! 눈이 많이 쌓인 날이면 철마에 눈 신을 신기고 거대한 쟁기로 산간지대부터 해안에까지 고랑을 판다. 기관차 뒤의 열차 칸은 쟁기 뒤를 따르는 파종기가 고랑 안에 씨를 뿌리듯 바쁜 사람들과 떠도는 농산물을 시골에 뿌려준다. 온종일 이 화마는 전국을 다니며 주인을 쉬게 할 때나 잠시 멈춘다. 한밤중에 이 화마의 발굽소리와 반항적인 콧김소리에 잠을 깨는 때가 있는데, 그때는 그가 숲속의 어느 외진 계곡에서 얼음과 눈으로 무장한 자연의 힘과 대결하고 있을 때다. 새벽 별이 뜰 때야 그는 비로소 자기 마구간에 돌아온다. 그러나 쉬지도, 눈을 붙이지도 못하고 곧 다시 여정에 오른다. 저녁때 간혹 나는 화마가 자기 마구간에서 남아도는 힘을 발산하는 소리를 듣는데, 아마도 신경을 안정시키고 간과 뇌를 식혀 두어 시간이나마 잠을 이루려는 것이리라. 지치지 않고 지속되는 이 일이 용감하고 당당한 일이라면 얼마나 좋으랴!

꾸준히 배를 몰다

그가 꾸준히 배를 몬다
매년 어느 때든,
겨울의 곱슬머리에 앉아,
그의 귀에 휘파람을 분다

철도

한때는 대낮에 사냥꾼이나 겨우 들어왔던, 인적이 드문 시골 변두리 숲을 통해 불을 환히 밝힌 응접실은 승객도 모르는 사이에 캄캄한 어둠을 뚫고 달린다. 어느 순간에는 수많은 사람이 모인 마을이나 도시의 밝은 정거장에서 멈추는가 하면, '디즈멀 스웜프(the Dismal Swamp, 음산한 늪)'를 지나며 부엉이와 여우를 놀라게 할 때도 있다. 기차의 발착 시간은 마을의 중요한 기준이 되었다. 기차가 오가는 시간이 규칙적이고 정확하며 기적이 대단히 먼 데까지 들리니 농부는 그에 따라 시계를 맞추었고, 결국에는 일사불란하게 움직이는 하나의 제도가 전국을 관리하게 되었다. 철도가 생긴 이후, 주민의 시간개념이 상당히 나아지지 않았을까? 주민들은 예전의 역마차 역에서보다 오늘날의 기차역에서 더 빨리 말하고 더 빨리 생각하는 것은 아닐까? 기차역의 분위기에는 무엇인가 흥분을 자극하는 것이 있다. 필자는 기차역이 이룩한 기적에 여러 번 놀라곤 했다. 이웃 중 어떤 이는 철도처럼 빠른 수단으로는 보스턴에 가지 않을 거라고 내가 장담했던 사람인데, 그들 또한 역의 종이 울리면 거기에 모습을 드러내곤 한다. 게다가 일을 '철도식railroad fashion'으로 처리하는 것이 유행하게 되었다. 강력한 무언가가 제 선로에는 들어서지 말라고 여러 차례 진지하게 경고할 때는 이를 귀담아들어야 한다. 기차는 소요 단속법을 적용하기 위해서 멈추지도 않고, 군중의 머리에 권총을 쏘지도 않는다. 제 길옆으로 비켜나지 않는 모종의 운명 같은 아트로포스Atropos 여신을 만들어놓았다. (여신의 이름을 따서 기관차의 이름을 지어도 좋을 것이다) 사람들은 기차라는 화살이 몇 시 몇 분에 특정 지점으로 발사되리라는 것을 들어서 알고 있다. 하지만 기차는 주민의 일을 방해하는 일이 없으며, 아이들은 다른 길로 학교에 간다. 철도 덕택에 좀더 안정된 삶을 살고 있는 것이다. 그러므로 기차 때문에 우리는 윌리엄 텔Tell의 아들이 되도록 훈련을 받고 있는 셈이다. 대기는 눈에 보이지 않는 화살로 가득 차있다. 여러분의 길을 빼면 모두 운명의 길이다. 그러니 이탈은 금물이다.

상업이 마음에 드는 까닭은 진취적이 기상과 용기 때문이다. 상업은 두 손을 모아 주피터Jupiter 신에게 기도하지 않는다. 필자는 상인이 날이면 날마다 크든, 작든 용기와 만족감을 갖고 제 일에 종사하며, 자신이 생각하는 것 이상으로 많은 일을 해내는 것을 목도해왔다. 아마 의식적으로 계획했더라도 이 보다 더 좋은 일을 하지는 못했으리라. 필자는 부에나비스타Buena Vista의 격전장에서 반시간을 견뎌낸 군인의 무용담보다는 겨울 내내 제설기관차를 숙소로 삼는 인부의, 꾸준하고도 낙관적인 용기에 더 큰 감명을 받는다. 그들은 나폴레옹Bonaparte이 가장 드문 용기라고 지적했던 '새벽 3시의 용기the three-o'-clock-in-the-morning courage'를 발휘하고 있다. 그래서 일찌감치 잠을 청하지 않으며, 눈보라가 멎거나 철마의 근육이 얼어붙었을 때라야 잠자리에 든다. 폭설이 여태 맹위를 떨치며 사람들의 피를 얼어붙게 하는 오늘 아침에도, 필자는 기관차의 종소리가 자신의 얼어붙은 입김이 만들어낸 두꺼운 안개 층을 뚫고 나오는 둔탁한 소음을 듣는다. 이는 뉴잉글랜드를 휩쓰는 폭설의 거부행위에도 기차가 연착하지 않고 온다는 것을 일러준다. 아나나 다를까, 필자는 온몸이 눈과 서리로 덮인 제설작업반이 기관차의 제설장비 위로 머리를 내밀고 있는 모습을 보는데, 이는 우주의 변두리 어딘가에 있는 시에라네바다 산맥 the Sierra Nevada의 바위처럼 들국화와 들쥐의 집이나 부수는 것이 아니라, 눈덩이를 파헤치고 있다.

예상한 바와는 달리, 상업은 자신감이 넘치고 차분하며, 기민하며, 모험적이며 지칠 줄을 모른다. 게다가 그 방법을 두고도 매우 자연스럽다. 뜬구름 잡는 기획이나 감상적인 실험보다 훨씬 자연스러우며, 바로 거기에 특유의 성공 비결이 있다. 화물열차가 덜커덕거리며 지나갈 때면 기분이 상쾌해지고 마음이 뿌듯해진다. 보스턴의 롱 부두 Long Wharf에서 챔플린 호수Lake Champlain까지 가는 화물의 냄새를 맡는데, 그러고 있으면 이국땅과 산호초와 인도양과 열대의 풍토 및 지구의 넓이가 떠오른다. 내년 여름, 수많은 뉴잉글랜드 주민들의 금발 머리를 가려줄 모자가 될 종려나무 잎을 비롯하여, 마닐라 삼, 코코야자 껍질, 낡은 밧줄, 마대, 고철과 녹슨 못을 보면 세계의 시민이 된 것 같은 기분이 든다. 이 화차에 실려 찢어진 돛은 종이로 재활용되어 그에 활자가 찍히겠지만, 그보다는 지금 이대로가 읽기도 쉽고, 재미있다. 이 돛이 겪은 폭풍우의 역사를 이 찢어진 자국만큼 생생하게 그려낼 사람이 어디 있겠는가? 이들은 더는 고칠 필요가 없다. 이곳 메인 주의 숲에서 나온 목재가 실려 간다. 목재는 지난번 홍수 때 바다로 떠내려가지 않은 것인데, 당시 떠내려간 나무도 있고 쪼개진 것도 있었기에 값이 1000달러당 4달러쯤 상승했다. 목재는 소나무와 가문비나무와 삼나무로, 등급이 1급, 2급, 3급, 4급으로 매겨졌지만, 얼마 전까지만 해도 품질은 다 같았고, 곰과 사슴과 순록의 머리 위에서 바람에 흔들리고 있었다. 이번에는 토마스톤 석회Thomaston lime가

지나간다. 품질은 최상급인데 소석회가 되려면 산간지방으로 꽤 멀리 들어가야 한다. 그 다음 지나가는 가마니는 누더기를 담았는데, 색깔도 품질도 가지각색이다. 무명과 린네르가 닳고 헐어 최저급으로 전락한 것이 누더기이다. 사실 옷감의 종착지가 바로 누더기가 아닐까 싶다. 여기 실려 가는 것은 이제 밀워키Milwaukee가 아니면 떠들어대는 일이 없는 것인데 영국과, 프랑스 및 미국산 날염, 깅검ginghams, 모슬린muslin 등, 한때 화려했던 옷감으로 유행과 빈부의 격차를 막론한 각계각층의 소비자에게서 수거된 것이다. 이는 단색이나 두어 가지 색을 띤 종이로 재활용될 참인데, 상류사회나 밑바닥 인생을 두고는 사실에 근거한 이야기가 기록될지는 모르겠다. 문이 닫힌 이 칸은 소금에 저린 생선 냄새가 나는데, 이처럼 뉴잉글랜드의 강한 상업성에 필자는 그랜드뱅크스the Grand Banks의 대어장을 떠올린다. 누구나 한 번쯤은 먹어본 이 생선은 어쩌나 철저히 소금을 절여놓았는지 무슨 일에도 썩지 않을 듯싶다. 그런 탓에 도를 닦는 성직자도 그 앞에서는 낯을 붉힐 것이다. 주민들은 절인 생선으로 거리를 청소하기도 하고, 이를 도로 포장의 재료나 불쏘시개를 쪼개는 칼로 쓰는가 하면, 마부는 태양과 바람과 비로부터 제 몸과 짐을 보호하기도 한다. 지인 중 어느 콩코드 사람의 말마따나, 상인은 개업할 때 간판 대신 절인 생선을 가게 문에 걸어놓기도 하는데, 그리하여 세월이 지나면 마침내 가장 오래된 단골손님도 그것이 동물성인지, 식물성인지 혹은 광물성인지 알 수 없지만, 어쨌든 생선은 눈송이만큼이나 깨끗하니 솥에 넣고 끓이면 토요일 저녁식사로는 손색이 없는 요리가 될 것이다. 다음은 스페인산 소가죽이 지나간다. 꼬리는 소가 살아서 스페니시 메인Spanish Main의 대초원을 뛰놀 때와 같은 각도로 들려있고, 끝이 휘어진 모양새도 당시와 똑같다. 이 꼬리는 고집불통의 표본으로, 종류를 막론하고, 타고난 악덕은 바로잡기가 참 힘들다는 점을 일깨워준다. 솔직히 말해, 어떤 이의 참된 성품을 알게 되면, 평생 좋게든, 나쁘게든 이를 바꿀 수 있으리라고는 생각지 않는다. 아예 기대를 하지 않는다는 이야기다. 동양인이 말하듯, "잡종개의 꼬리를 가열한 뒤 눌러서, 12년간이나 노끈을 묶으려 해도 결국에는 원형으로 되돌아갈" 거란다. 소나 개의 꼬리가 보여주는 완고한 성질을 고치는 데 유일무이한 대안은 이를 끓여 아교로 만드는 것이다. 아교가 되면 붙인 대로 붙어 있을 테니까. 이번에는 버몬트 주 커팅스빌Cuttingsville, Vermont에 사는 존 스미스John Smith에게 배달될 당밀이나 브랜디의 큰 통이 실려 간다. 그는 그린산맥Green Mountains의 상인으로, 자신의 개간지 근방에 사는 농민을 상대로 물건을 수입해 팔고 있다. 지금쯤 본인의 가게 출입문 근처에 서서 최근 수입된 상품이 물품 가격에 어떤 영향을 미칠지 생각하면서, "다음 기차 편으로 최상급 물건이 도착하게 되어 있다"며, 전에도 스무 번쯤 했던 말을 다시금 고객들에게 되풀이하고 있을 것이다. 이 상품의 광고는 〈커팅스빌 타임스Cuttingsville Times〉에 게재되었다.

올라가는 물건이 있으면 내려가는 것도 있다. "쉬잇whizzing" 소리에 놀라 책에서 눈을 떼고 보니 북녘 먼 산에서 벤 큰 소나무가 그린산맥과 코네티컷Connecticut 위를 날아오더니 10분도 채 안 되어 마을 중심부를 화살처럼 관통하고는 누가 보기도 전에 사라져 버렸다.

"커다란 군함의
돛대가 되라."

들어 보라! 가축 열차가 이리로 오고 있다. 이는 천 개의 산에서 자란 가축을 실은, 공중에 뜬 양의 우리이자 외양간이며, 소의 우리인데, 거기에 막대기를 든 소몰이꾼과 양떼 한 가운데 서 있는 목동도 끼어 있어 산의 초원을 빼고는 다 있다고 하겠다. 그런데 이는 모두 9월의 강풍으로 산에서 휘몰린 낙엽처럼 밀려왔다. 온통 사방은 송아지와 양의 울음과, 수소가 서로 밀고 비비적거리는 소리로 가득 차, 목장의 계곡이 송두리째 지나가는 것 같았다. 맨 앞에 있는 방울 단 양이 이를 울리면 산은 숫양처럼 뛰며 작은 산은 어린 양처럼 뛰었다. 소몰이꾼이 탄 열차 한 칸이 중간에 끼어 있었는데, 그들은 소와 같은 위치에서 일거리를 잃은 채 쓸모없는 막대기를 직무의 표시인 양 여태 쥐고 있었다. 그런데 몰이꾼의 개는 지금 어디 있는가? 떼를 지어 우왕좌왕하고 있다. 길을 잃어버렸기 때문이다. 냄새를 잃어버려 그렇다. 녀석들이 피터보로 산the Peterboro's Hills 뒤에서 짖는 소리가 들리는 듯싶다. 어쩌면 그린산맥의 서쪽 경사면을 헐레벌떡 올라가는 소리일지도 모르겠다. 가축이 도살되는 현장에는 가지 않을 것이다. 개도 이제 일거리를 잃어 충성심과 영특함도 최저수준으로 떨어졌다. 치욕을 느끼며 개장으로 돌아가거나, 야생으로 돌아가 늑대 및 여우와 '한통속'이 될지도 모를 일이다. 그리하여 목장의 일상을 실은 열차는 바람처럼 지나간다. 하지만 종이 울리니 기차가 지나가도록 철로에서 비켜주어야겠다.

철도는 나에게 무엇인가?

철로는 나에게 무엇인가?
나는 그것이 어디서 끝나는지를
결코 보러 가지 않는다.
철로는 계곡 몇 개를 메워 주고
제비를 위해 둑을 쌓기도 한다.
철로는 모래를 휘날리며
검은 딸기를 자라게 한다.

꽁뚝

맛깔스런 저녁

맛깔스런 저녁이다. 이때 몸은 하나의 감각기관이 되어 모든 땀구멍으로 기쁨을 들이 마신다. 필자는 자연의 일부가 되어 그 속에서 이상하리만치 자유롭게 돌아다닌다. 날씨는 좀 싸늘한데다, 구름이 끼고 바람까지 불지만 셔츠만 입은 채 돌이 많은 호숫가를 거닐어 보았다. 특히 시선을 끄는 것은 없으나, 자연현상이 모두 여느 때보다는 내 마음을 흡족케 한다. 황소개구리는 밤을 맞이하느라 요란스레 울어대고, 쏙독새의 노랫소리는 잔물결이 이는 호수의 수면을 타고 들려온다. 바람에 나부끼는 오리나무와 백양나무 잎을 두고는 친화감에 숨이 막힐 것만 같다. 하지만 호수나 내 마음이나 잔물결만 일 뿐 거칠어지지는 않았다. 저녁 바람에 이는 잔물결은 명경같은 수면처럼 폭풍우하고는 거리가 멀다. 사방에 어둠이 깔렸으나 바람은 그치지 않고 숲을 휘저어 놓는다. 물결은 계속 부딪쳐 온다. 어떤 생물은 노랫소리로 다른 생물의 마음을 가라앉히려 한다. 물론 완전한 휴식은 없다. 야성에 가장 가까운 동물은 휴식하지 않고 이제부터 먹이를 찾아 나선다. 여우와 스컹크와 산토끼도 이제는 두려워않고 들과 숲을 돌아다닌다. 이들은 자연의 야경꾼이며, 역동적인 생명의 나날을 이어주는 고리이기도 하다.

밖에서 돌아오면 방문객이 들렀다가 명함을 두고 간 것을 알아차린다. 명함이란 한 다발의 꽃일 수도 있고, 상록수 가지를 화환처럼 엮은 것이거나, 노란 호두나무 잎이나 그 나뭇조각에 연필로 이름을 써놓은 것이기도 하다. 어쩌다가 숲에 오는 사람은 도중에 나뭇가지를 꺾어 만지작거리며 와서는 의식적이든, 무의식적이든 이를 남겨두기도 한다. 버드나무 가지의 껍질을 벗겨 이를 고리 모양으로 엮은 다음 탁자 위에 놓고 간 사람도 있었다. 부재시 손님이 왔다 갔는지는 흰 나뭇가지나 구겨진 풀잎이나 혹은 발자국을 보고 알아맞힐 수 있었다. 또한 꽃 한 송이를 놓고 간 사람이나, 풀 한 묶음을 뽑아 던져놓고 간 소소한 흔적을 보거나(어떤 때는 800미터 정도 떨어진 철로 변에 떨어진 적도 있다), 시가나 파이프 담배의 냄새가 밴 것을 맡고도 그의 성별과 연령 및 교양수준을 대략 맞힐 수 있었다. 그뿐 아니라 300미터 바깥에 난 길을 지나던 사람을 파이프 담배 냄새로 알아본 경우도 몇 번 있었다.

주변 공간은 대개 넉넉하다. 지평선이 우리 턱밑까지 와 있을 리는 없다. 울창한 숲이나 호수도 우리 집 문 앞까지 와 있지는 않다. 어느 정도 공간은 항상 개간되어 인간과 친숙한 가운데 사람의 발자국으로 닳고 있다. 즉, 인간의 몫으로 차용되어 울타리를 쳐두고는 자연으로부터 탈취한 상태랄까. 그런데 필자는 무슨 까닭으로 사람들에게서 버려진, 이 광활한 영역을, 몇 평방킬로미터나 되는 데다 인적도 드문 숲을 독차지하고 있는 것일까? 가장 가까운 이웃도 1.5킬로미터나 떨어진 곳에 살고 있으며, 언덕 꼭대기에 올라가지 않는 한 집 주위의 1킬로미터 이내에는 사람 냄새가 나는 집이 전혀 보이지 않는다. 숲으로 경계를 그은 지평선을 나 혼자 차지하고 있는 셈이다. 한편으로는 철로가 호수 한쪽을 지나는 것이 멀리 보이고, 다른 한편으로는 숲속의 도로를 따라 선 울타리도 보인다. 그러나 필자가 사는 곳은 대체로 대초원만큼이나 적적하다. 여기는 뉴잉글랜드면서도 아시아나 아프리카 같다는 기분이 든다. 이를테면, 나만의 해와 달과 별을 두고, 혼자만의 작은 세상에 살고 있는 셈이다. 밤에는 길손이 집을 지나가거나 문을 두드리는 적도 한 번 없었는데, 마치 내가 최초의 인류거나, 마지막 인류기라도 한 듯싶었다. 물론 봄에는 메기를 낚으러 밤낚시를 오는 사람들이 몇몇 보였으나, 그들은 어둠을 미끼로 마음의 호수에서 더 많은 고기를 낚았으리라. 대개는 빈 바구니를 들고 곧 물러났다. '어둠과 내게 세상을' 남겨둔 것이다. 그리하여 어두운 밤의 핵이 사람의 접근에 더럽혀지는 일은 없었다. 사람들은 아직도 어둠을 꽤 두려워하고 있는 것 같다. 마녀는 다 잡혀 교수형을 받았고 기독교와 양초가 널리 보급되었는데도 말이다.

필자의 경험에 따르면, 가장 감미롭고 다정하며, 순수하고 의욕을 불러일으키는 교제는 자연물에서 찾을 수 있을 듯싶다. 안타깝게도 사람을 싫어하거나 우울증을 앓고 있는 사람도 마찬가지일 것이다. 자연에 살면서 본연의 감각을 온전하게 유지하는 사람에게는 암담한 우울증은 존재할 공간이 없다. 건강하고 순수한 사람의 귀에는 어떤 폭풍우도 '바람의 신AEolian'이 연주하는 음악으로 들릴 것이다.

소박하고 용기 있는 사람을 속된 슬픔으로 몰아넣을 권리는 누구에게도 없다. 사계절을 벗 삼아 우정을 즐기는 동안에는 그 어떤 것도 삶을 부담스런 것으로 전락시키지는 못할 것이다. 오늘 콩밭을 적시면서, 한편으로는 나를 집에 머물게 하는 보슬비는 지루하고 우울한 마음을 주지 않고, 되레 좋은 일을 해주고 있다. 비 탓에 콩밭을 매지는 못하지만, 비에는 밭을 매는 것보다 훨씬 더 큰 가치가 있다. 우기가 지속되면서 땅속 종자들이 썩고 저지대 감자의 작황이 좋지 않더라도, 그것이 고지대의 풀에게는 좋을 것이다. 그러면 나에게도 나쁠 것은 없다. 나 자신을 다른 사람과 비교해볼 때면, 그에 비해 분에 넘칠 만큼 신의 총애를 받고 있는 것은 아닌가하는 생각이 든다. 남에게는 없는 면허장과 보증서뿐 아니라, 지도와 보호를 신에게서 각별히 받고 있는 것처럼 말이다. 자화자찬은 아니지만, 혹시 그것이 가능하다면, 신이 나를 추켜세울 것만 같다. 필자는 외로움을 느낀 적이 한 번도 없었고, 고독감에 조금이라도 억눌린 적 또한 없었다. 그러나 꼭 한 번은 (숲에 온 지 몇 주일 되지 않았을 때 일이었는데) 주변에 사람이 있는 것이 역동적이고 건전한 생활의 필수요건이 아닌가 하는 생각에 약 한 시간쯤 빠져 들었다. 혼자라서 기분이 언짢았던 모양이다. 필자는 정상적인 기분이 아니라는 것을 의식했고, 조만간 이를 벗어나게 될 거라고 예감했다. 비가 조용히 내리는 가운데 이런 몽상에 잠겨 있다가 대자연 속에, 추적추적 내리는 비에, 집 주위의 모든 소리와 경치 속에 너무도 감미롭고 애처로운 우정이 존재한다는 것을 느꼈다. 이는 나를 지탱해주는 대기처럼, 무한하고도 설명할 수 없는 우호적인 감정이었다. 이웃에 사람이 있어 얻을 수 있다고 생각한 모든 이점이 대단치 않은 것임을 깨달아. 그 후로는 그런 생각을 접었다. 솔잎 하나하나가 친화감으로 부풀어 나를 친구처럼 대접했다. 필자는 사람들이 흔히 황량하고 쓸쓸하다는 곳에서도 친근한 어떤 존재가 있다는 것을 분명히 느꼈다. 필자는 자신에게 혈연적으로 가장 가깝거나 가장 인간적인 존재가 어떤 인간이거나, 어떤 마을 주민은 아니라는 것과, 이제부터 어떤 곳도 낯선 곳이 되진 않으리라는 것을 깨달았다.

"애도는 슬퍼하는 사람의 목숨을 불시에 빼앗아 갈 터이니,
그들이 이생에 사는 날은 길지 않으리라.
아름다운 토스카의 딸이여!"

진실은 알아도 변화는 모르는 사람이다

진실은 알아도 변화는 모르는 사람이다,
그는 변화에서 눈을 떼지 않으며,
보이지 않는 것을 본다;
거짓과 눈에 드러나는 것은 죽는다

가식에서 본연의 모습으로
만상은 변한다,
무지는 죽으려니와;
현인의 지식은 영원히 살리라

홀로 된다는 것

일상을 대부분 혼자 지내는 것이 심신에 좋다고 생각한다. 사람이 아무리 좋아도 같이 있으면 곧 싫증이 나고 주의가 산만해지게 마련이다. 필자는 고독만큼이나 친해지기 쉬운 벗을 아직 찾아내지 못했다. 방안에 홀로 있을 때보다 밖에서 사람과 부대끼며 돌아다닐 때가 되레 더 고독하다. 몽상가나 노동자는 어디에 있든 항상 혼자다. 고독은 한 사람과 그의 동료 사이에 놓인 거리로 길이를 잴 수 있는 것은 아니다. 하버드 대학의 혼잡한 교실에서도 공부에 몰입하는 학생은 사막의 수도승만큼이나 고독을 즐긴다. 농부는 온종일 밭에서 혼자 김을 매거나 나무를 베더라도 외로움을 느끼지 않는다. 일에 몰두하기 때문이다. 하지만 밤에 집에 돌아오면 여러 가지 생각이 떠올라 방안에 홀로 가만히 앉아 있을 수가 없는 것이다. 그래서 하루를 혼자 보낸 점을 두고 스스로 보상해야겠다는 생각에 지인을 만나 기분을 전환할 수 있는 곳을 찾아 나선다. 따라서 농부는 학생이 밤낮을 대부분 집에 있으면서 어떻게 권태와 우울증을 느끼지 않을까 하며 궁금해 할 것이다. 농부는 학생이 집에 있더라도 그처럼 저 나름대로의 밭을 갈고 나무를 베며, 좀더 집중된 모양새로 농부와 똑같은 휴식과 교제를 찾는다는 사실을 이해하지 못한다.

교제는 대체로 저렴하게 할 수 있다. 너무 자주 만나기 때문에 각자 새로운 가치를 습득할 시간적 여유가 없다. 하루 세 끼 식사 때마다 만나고는 '자신'이라는 곰팡내가 풀풀 나는 치즈를 서로에게 먹인다. 이처럼 잦은 만남으로 참을성이 바닥난 까닭에 서로를 헐뜯지 않기 위해 우리는 예의범절과 에티켓이라는 수칙에 합의해야만 했다. 우체국에서 만나거나, 친목회, 혹은 매일 밤 난롯가에서 만나기도 한다. 우리가 너무 얽혀있어 서로 길을 막기도 하고 그 탓에 상대방이 걸려 넘어지기도 한다. 그 결과, 우리는 서로에 대한 존경심을 잃어버렸다. 만날 때 조금 더 간격을 두더라도 흉금을 터놓는 의사소통에는 전혀 지장이 없을 터인데도 말이다. 공장에서 일하는 여직원을 생각해보자. 그들은 꿈속에서도 혼자서 하는 일이 없다. 내가 사는 곳처럼 1.5평방킬로미터마다 한 사람이 살 수 있다면 좋지 않겠는가. 사람의 가치는 피부에 있지 않다. 아무개의 피부를 만져본들 그의 가치를 아는 것은 아니다.

숲에서 길을 잃어 나무 밑에서 굶주림과 피곤함으로 거의 죽어가던 어떤 사람의 일화를 들은 적이 있다. 당시 그의 쇠약해진 육체는 병적 상상력으로 이어져 자신이 기괴한 환영으로 둘러싸여 있다고 여겼고, 또 이를 실체로 믿었는데, 그 환영 때문에 고독을 면하고는 결국 목숨을 부지할 수 있었단다. 그와 마찬가지로 육체적, 정신적인 건강과 힘을 지니고 있으면 우리도 정상적이고 자연적인 교제로 의욕을 얻을 뿐 아니라, 혼자가 아님을 알게 될 것이다.

내 집에는 무던히도 친구가 많다. 아무도 찾아오지 않는 아침에는 특히 그렇다. 필자의 처지에 대한 개념이 전달되도록 비유를 몇 가지만 들어 보겠다. 호수에서, 웃는 것 같은 특유의 울음을 크게 내는 아비loon를 비롯하여 월든 호수가 외롭지 않듯이, 필자 또한 그러하다. 고독한 호수는 도대체 어떤 벗을 두고 있단 말인가? 그런데 저 호수는 감청색 물속에 '푸른 악마들the blue devils'가 아닌 '푸른 천사the blue angels'를 두고 있다. 태양은 혼자다. 안개가 자욱한 날에는 태양이 두 개처럼 보일 때도 있지만 하나는 가짜 태양이다. 하나님도 홀로 존재하시나 악마는 혼자 있는 법이 없다. 많은 패거리와 어울려 대군을 이루고 있으니 말이다. 목장에 핀 한 송이의 현삼이나 민들레, 콩잎, 괭이밥, 등에 밑 뒤영벌이 외롭지 않듯이 나 또한 그렇다. '밀부룩(the Mill Brook, 콩코드의 중심부를 흐르는 개천을 일컫는다―옮긴이)이나 지붕의 풍향기와 북극성, 남풍, 4월의 봄비, 정월의 해동, 그리고 새 집에 자리 잡은 첫 번째 거미가 외롭지 않은 것처럼 나 또한 외롭지 않다.

숲속에 함박눈이 내리고 바람이 세차게 부는 긴 겨울밤이면 호수의 옛 개척자며 원래 주인인 이가 이따금씩 찾아온다. 풍문에 따르면, 이 양반은 월든 호수를 파서 돌로 기반을 단단히 한 후 주변에 소나무를 심었다고 한다. 그는 필자에게 옛날에 있었던 일화와 영원을 두고 다시금 이야기해주었다. 우리 둘은 사과나 과즙이 없이도 사교적인 기쁨과 환담을 나누며 유쾌한 저녁시간을 보내곤 했다. 친구는 몹시 현명하고 유머감각이 풍부하여 나는 그를 무척 좋아한다. 그는 '고프Goffe'나 '휠리Whalley'(고프와 휠리는 17세기 중반, 찰스 1세의 처형에 가담한 다음 미국으로 이민했다―옮긴이)보다 더 눈에 띄지 않게 돌아다닌다. 사람들은 그가 이미 세상을 떠난 것으로 알고 있는데, 어디에 묻혀 있는지는 아무도 모른다. 어느 늙은 귀부인도 근방에 살고 있는데, 사람들의 눈에는 대부분 보이지 않는다. 때때로 필자는 그분의 향기로운 밭을 거닐면서 약초도 캐고 그녀의 이야기를 즐겨 듣는다. 당신은 견줄 수 없는 풍요와 천재성을 겸비하신 분인데, 뛰어난 기억력은 신화 이전까지 거슬러 올라가 전설의 모든 기원과 그것이 어떤 사실에 근거를 두고 있는지 까지도 말할 수 있다. 안색이 훤하고 기력이 좋은 할머니는 어떤 기후나 계절도 다 좋아하며 자녀보다 더 오래 살 것 같다는 생각이 든다.

자연은(해와 바람과 비, 여름 및 겨울) 말로 표현할 수 없이 순수하고 자애로워 우리에게 무궁한 건강과 환희를 안겨준다. 또한 인류에게 무한한 동정심을 가지고 있어, 혹자가 정당한 사유로 슬퍼한다면 자연이 함께 슬퍼해 줄 것이다. 태양은 그 빛을 감추고 바람은 인간처럼 탄식하며 구름은 비의 눈물을 흘리며, 숲은 한여름에도 잎을 떨구며 상복을 입을 것이다. 어찌 내가 대지와 교류하지 않겠는가? 필자의 일부는 잎사귀이며 식물의 부식토가 아니던가!

우리를 늘 건강하고, 명랑하고, 만족스럽게 해줄 묘약은 무엇인가? 이는 나나 당신의 증조부가 빚은 환약이 아니고, 우리 모두의 증조모인 자연의 여신이 빚은 우주적이고 식물적인 동시에 식물학적인 약이다. 자연의 여신은 이로써 젊음을 유지해 왔으며 수없이 많은 '파아노인(old Parrs, 152세까지 살았다는 영국의 대표적인 장수 노인을 가리킨다—옮긴이)' 같은 사람보다 항상 더 오래 살았으며, 그들의 썩은 지방으로 건강을 유지해 왔다. 필자가 원하는 만병통치약은 엉터리 의사가 길고 납작한 검은 배 같은 마차에 싣고 다니며 파는 물약이 아니다. 그는 저승의 강과 사해의 물로 조제하여 병을 퍼뜨리려고 이를 만들었다. 필자가 진정 아끼는 만병통치약은 묽지 않은 순수한 아침 공기를 마시는 것이다. 상쾌한 아침 공기! 사람들이 하루의 원천인 새벽에 아침 공기를 마시지 않으려 한다면 이를 병에 담아 가게에서 팔기라도 해야 할 것이다. 그러나 아침 공기는 아무리 차가운 지하실에 넣어둔다 해도 정오까지는 견디지 못해 이미 병마개를 밀어젖히고 새벽의 여신을 따라 서쪽으로 날아가 버린다는 사실을 잊어서는 안 될 것이다. 늙은 약초의 아스클레피우스Aesculapius의 딸로, 한 손에는 뱀을, 다른 손에는 그 뱀이 마시는 물 잔을 들고 있는 모습으로 조각된 히게이아 여신을 숭배하진 않는다. 오히려 나는 주노Juno 여신과 야생 상추의 딸이자, 신과 인간을 회춘케 할 수 있으며, 주피터 신에게 술을 따라 올리는 헤베 여신(Hebe, 그리스 신화에 등장하는 청춘과 봄의 여신—옮긴이)을 숭앙한다. 그야말로 역사상 가장 완벽한 신체조건을 갖춘, 가장 강건한 여성이 아니었나 싶다. 그녀가 나타나는 곳에는 늘 봄이 열렸다.

재능을 찾아다녔다

삶이 내게 임대된 까닭을 알기 위해
여태 재능을 찾아다녔다
그의 희미한 음성에 귀를 기울여
하나님의 진의를 인간에게 선포할 것이다

천지의 오묘한 힘은 얼마나 넓고 깊은 영향력을 발휘하는가!

그 힘을 보려 하지만 육안으로는 보이지 않고, 들으려 하지만 귀에는 들리지 않는다. 이는 만물의 본질과 같은지라 그와 분리될 수가 없다.

힘의 작용으로 전 세계인은 마음을 순화하고 성스럽게 하며 복장을 갖추어 선조께 제사를 지낸다. 오묘한 지혜의 대양은 우리의 상부와 좌우도처에 깔려있으며 사방에서 우리를 둘러싸고 있다.

'우리'는 내가 적잖이 흥미를 갖고 있는 시험의 대상이다. 이런 상황에서는 우리가 잠시나마 잡담은 삼가고, 자신의 사고력을 발휘하여 자신을 위안하며 지낼 수는 없을까? "덕은 외롭지 않다. 이웃이 있게 마련이니까." 공자가 진심으로 한 말이다.

우리는 사색으로 '건전한' 열광 속에 빠질 수 있다. 마음의 의식적인 노력으로 행위와 그 결과로부터 초연히 서있을 수 있는데, 그러면 만사는 좋은 일이든 나쁜 일이든, 격류처럼 우리의 옆을 스치게 된다. 우리는 자연에 전적으로 몰입하진 않는다. 필자는 시냇물에 흘러가는 나무토막일 수도 있고, 하늘에서 이를 내려다보고 있는 인드라 신일 수도 있다. 어떤 연극 공연에 감동을 받을 수도 있겠지만, 훨씬 더 이해관계가 있을지 모르는 실제의 사건에는 감동을 느끼지 않을 수도 있다. 나는 자신을 유일한 인간적 실제로서, 즉 여러 사고와 감정의 장소로서만 알고 있다. 게다가 다른 사람에게서는 물론이거니와 나 자신에게서도 멀리 떨어져 있을 수 있는 어떤 이중성을 느끼고 있다. 경험이 아무리 강렬할지라도 필자는 일부분이자, 그렇지 않은 것처럼 경험에 참여하지 않는 방관자로서 메모하는 어떤 실체를 직감하고 있다. 이는 '나'라기보다는 제3자에 가까울 것이다. 인생의 연극(비극일 수도 있겠는데)이 끝나면 관객은 제 갈 길로 가버린다. 관객 입장에서 인생극은 일종의 허구이며 상상력의 결정체일 뿐이다. 이 같은 이중성은 우리를 변변치 않은 이웃이나 친구로 전락시킬 것이다.

오후에 나온 태양

당신이 빛을 비춘 이후에 만물이 여행을 떠난 듯싶으나,
시간과 구름, 그리고 시간의 탐만 이동해왔다;
악천후도 내 마음은 바꾸지 못하리,
나는 그늘에서 내가 사랑한 태양을 믿으리

사회에 싫증이 난 후

    사회와 가십에 싫증이 나고, 마을 친구도 지겨워질 때면 평소 돌아다니던 영역을 벗어나 훨씬 더 서쪽으로 발걸음을 옮기곤 했다. 즉, '새로운 숲과 초원'을 찾아 인적이 드문 곳에 갔다는 이야기다. 해질 무렵에는 페어헤이븐 산Fair Haven Hill에서 허클베리나 월귤을 저녁으로 때우고 난 후, 며칠 치를 더 따오기도 했다. 과일은 이를 사먹는 사람이나 시장에 내다 팔기 위하여 재배하는 사람에게는 결코 참다운 맛을 전해주지 않는다. 진미를 맛보는 방법은 한 가지뿐인데, 이 비결을 택하는 사람은 얼마 되지 않는다. 산딸기의 참맛을 알려거든, 소몰이 소년이나 들꿩에게 물어보라. 산딸기를 손수 따보지 않은 사람도 산딸기 맛을 안다고 생각하는 것은 흔한 오해다. 허클베리가 보스턴까지 올 일은 없다. 보스턴의 세 언덕에서 허클베리가 자라기 시작한 다음부터 알짜 허클베리는 그곳에서 사라졌다. 장사꾼의 수레에 실려 오면 허클베리의 과분만 문질러 없어지는 것이 아니라, 가장 중요한 부분인 불사약 성분도 함께 사라지는 것이다. 남은 것은 그저 식용으로 쓰는 딸기뿐이다. 영원한 정의가 살아 있는 한, 순수 허클베리는 단 한 알도 산골에서 도시로 가져오지 못할 것이다.

이따금씩 필자는 당일의 김매기 작업이 끝나면 아침부터 호수에서 성급한 마음으로 낚시질을 하던 친구와 어울렸다. 그는 물 위에 떠 있는 오리나 나뭇잎처럼 아무 말 없이 미동도 하지 않고 오직 낚시에만 몰두해 있었다. 그에게 갈 때쯤이면 자신은 수도승(Coenobites, 원래는 수도승Cenobites이나 발음이 'see no bites(고기가 하나도 안 물린다)'와 같아 낚시에 몰입하는 수도승과 고기가 잡히지 않는 모습을 아울러 표현했다—옮긴이)의 한 사람이라는 신념을 굳혔다. 이 친구 말고도 고기를 잘 잡고 조각술도 뛰어난 낚시꾼 노인이 하나 있었다. 그는 내 집을 낚시꾼들의 편의를 위해 지어진 집으로 보았는데, 필자 역시 그가 내 집 문 앞에 앉아 낚싯대를 손보고 있는 것이 그리 싫지는 않았다. 가끔 우리는 호수에 배를 띄우고 제각기 배의 한쪽 끝을 차지하곤 했다. 최근, 노인의 귀는 거의 들리지 않았으므로 두 사람 사이에는 말이 별로 없었다. 노인만 때때로 찬송가를 흥얼거릴 따름이었다. 이는 내 철학과도 어울리는 것이었다. 그와 나의 친교는 깨어지지 않는 조화랄까, 말보다는 훗날 되뇌기에 더 즐거운 것이었다. 거의 늘 그랬지만 혼자라서 말벗이 없을 때는 노로 뱃전을 쳐 메아리가 울리게 했다. 뱃전을 친 소리는 원을 그리며 점차 팽창하여 호수를 둘러싸고 있던 숲을 가득 채우고는, 동물원의 조련사가 야수를 자극하여 울음소리를 내게 하듯, 숲을 뒤흔들고는 골짜기와 산허리에서 굉음을 끄집어냈다.

날씨가 훈훈한 밤에는 자주 보트를 띄우고 그에 앉아 피리를 불었다. 피리소리에 마음이 뺏긴 듯한 퍼치가 배 주위를 떠나지 않고 헤엄치는 모습이 보였다. 숲의 잔해가 깔린 이랑진 호수에 달이 비치기도 했다. 예전에 필자는 깜깜한 여름밤에 가끔 친구 하나와 모험을 감행하는 기분으로 이 호수에 왔다. 우리는 고기를 유인하려고 물가에 불을 피워놓고는 실에 매단 지렁이를 미끼로 메기를 잡았다. 밤이 늦어 낚시질이 끝나면 불붙은 나뭇가지가 폭죽이라도 되는 양 이를 높이 던졌는데, 호수에 떨어질 때는 "쉬익"하고 큰소리를 내며 꺼졌다. 돌연 칠흑 같은 어둠에 휩싸이자 우리는 주위를 더듬어야 했다. 이 어둠을 뚫고 휘파람을 불며 사람들이 사는 곳으로 나왔다. 하지만 이제 나는 호수 바로 옆에 내 집을 마련했다. 때때로 나는 마을 어떤 집의 사랑방에 늦게까지 앉았다가 그 집 식구가 잠자리에 들 때 일어나 숲에 돌아왔다. 그러고는 익일이 점심거리라도 낚을 겸 몇 시간을 달빛 아래서 배 낚시에 시간을 보내곤 했다. 당시 부엉이와 여우는 세레나데를 불렀고, 이름 모를 새가 가까이서 노래를 부르기도 했다. 밤 낚시의 추억은 매우 소중한 기억으로 아로새겨져 있다. 물가에서 100미터나 150미터 쯤 떨어진 호수 위에 자리를 잡고, 깊이가 120미터 가량 되는 물속에 닻을 내린 달빛 아래서 꼬리로 수면을 치는 수천 마리의 퍼치 새끼들과 피라미에 둘러싸이면서 긴 낚싯줄로 저 아래 120미터 속에 사는 신비스러운 밤의 물고기와 교신했다. 부드러운 밤바람에 간혹 배가 밀리면서 낚싯줄을 180미터쯤 호수에 길게 풀어주기도 했다. 그러다가 낚싯줄을 타고 오는 어떤 가벼운 떨림을 느낄 때도 있었다. 이는 낚싯줄 끝을 배회하는 어떤 생명체가 있다는 것을 암시했는데, 이는 어렴풋하고 불확실하며 허둥대는 의욕을 가졌으나 아직 결심하기를 망설이고 있다는 것을 시사했다. 드디어 필자는 줄을 당기기 시작했다. 한 손, 한 손, 천천히 줄을 감아올리면 뿔이 난 메기 한 마리가 소리를 지르고 몸을 비틀며 물 밖으로 끌려 나왔다. 깜깜한 밤, 필자의 생각이 다른 천체의 방대하고 우주 생성론적인 문제 주변을 방황하고 있을 때, 고기의 입질을 느끼면서 몽상에서 깨어나 자연과 다시 연결이 되는 것은 정말 기묘한 체험이었다. 공기보다 밀도가 더 높을 것 같지 않은 아래편 물속은 물론 위쪽의 하늘에서도 낚싯줄을 던질 수 있을 것 같았다. 그리하여 필자는 낚시 한 개로 고기 두 마리를 낚았다.

순수한 증오를 받치라

순수한 증오로
각자의 양심인
사랑을 받치라,
거기서 주로 나오는
동정심을 가지라

서로를 신처럼 떠받들 것이다,
덕과 진리 안에서
우리가 가진 신념은 모두
둘 중 하나에 맡기고 의심은
신 아래에 남기라

고독한 두 별은—
헤아릴 수 없으며
우리 사이를 굴러간다;

그러나 의식의 빛으로
우리는 한 극에 마음을 둔다

지구를 어리둥절케 해야 하는가?—
사랑하면 기다릴 수 있다;
일이 끝나도록
시간이 늦을 일은 없으며
또 다른 일이 시작되지도 않으니

꽃의 색조보다;
도움이 되는 것은 없다
자립한 손님만이
정자에 자주 들러,
유산을 물려받으리라

말도 그렇지만;
좀더 친절한 침묵은
친구에게;
밤에는 위로와,
낮에는 축사를 보낸다

혀가 혀에게 무슨 말을 했는가?
귀는 귀에 대해 무엇을 들었는가?
운명에 따라

말은 해를 거듭하며,
전달된다

길이 없는 감정의 만이 하품한다;
말로 된 소소한 길과,
과감한 활은,
신실한 사람을 비웃는
해자를 뛰어넘을 수 없다

볼트와 빗장을 보여도
적은 밖에 나오지 않는다,
아니, 은신처에서도 나오지 않는다,
적은 선을 긋는
의심으로 들어갔을 테니까

문지기는
친구를 들여보낼 수는 없지만;
해와 같이
성의 마음을 사로잡아,
성벽을 밝게 비추리라

내가 아는 세상에서
사랑을 피할 수 있는 것은 아무것도 없다,
아무리 깊이 내려간들,

아무리 높이 솟은들
사랑은 창공처럼 기다린다,
구름이 지나갈 때까지,
그러면서도 잔잔히 비춘다
영원한 날과 함께,
우리가 세상을 떠나
어딘가에 안주할 때처럼

사랑에는 흠이 없다—
포로는 팔리든가 괴롭힘을 당할 것이다
앙심을 품은 의도에게,
그러나 자비에 몸을 숙인
그는 마음의 안정을 찾지 못한다

호수의 아름다움

호수는 풍경에서 가장 아름답고 표현력이 풍부한 곳으로, 대지의 눈이기도 하다. 눈을 들여다보면서 사람은 본성의 깊이를 잰다. 한편, 호숫가를 따라 자란 수목은 눈의 끝자락에 난 가냘픈 속눈썹으로, 주위에 있는 울창한 숲과 낭떠러지는 굵직한 눈썹이라고 할 수 있을 것이다.

조용한 9월의 어느 오후, 동쪽 물가의 매끈한 모래사장에 서서 호수를 바라보면 맞은편 물가는 엷은 안개로 인해 어렴풋이 보이는데, '유리 같은 호수의 수면the glassy surface of a lake'이라는 관용어가 어디서 유래했는가를 알 수 있을 듯싶다. 고개를 박아 머리를 거꾸로 해서 보면 호수의 수면은 계곡에 걸쳐놓은, 섬세한 한 가닥의 거미줄처럼 보인다. 멀리 소나무 숲을 배경으로 수면은 빛을 뿜어내며 대기를 두 개의 층으로 갈라놓고 있다. 맞은편 산까지 물에 젖지 않고 수면 밑으로 걸어갈 수 있을 것 같다. 호수를 스치듯 나는 제비가 수면에 앉을 수도 있지 않을까 싶기도 하다. 사실, 제비는 때때로 착각이라도 한 듯 수면 아래로 미끄러져 들어갔다가 깜짝 놀라 다시 날아올랐다.

서편 호수 위를 보면 진짜 태양과 물 위에 투영된 태양이 똑같이 눈부시기 때문에 두 손으로 눈을 가리지 않을 수 없다. 두 태양 사이에 있는 수면을 유심히 바라다보면 수면은 말 그대로 유리같이 매끄러운 것을 볼 수 있다. 다만 수면 전체에 똑같은 간격을 두고 흩어져 있는 소금쟁이가 햇빛 속에 움직이면서 반짝반짝하는 아주 작은 빛을 발하는 곳이든, 물오리 한 마리가 깃털을 가다듬고 있는 곳이든, 앞서 이야기했듯이, 제비가 너무 낮게 날다가 수면을 스치는 곳은 제외하고 말이다. 멀리 물고기 한 마리가 아치를 그리면서 약 1미터나 공중에 뛰어오르는 때가 있다. 그런 때는 물고기가 뛰어나온 곳에 섬광이 번득이고 다시 들어간 곳에 다시금 섬광이 번득이는데, 어떤 때는 은빛의 아치가 전부 눈에 띌 때도 있다.

엉겅퀴의 갓 털이 물 위 여기저기에 떠돌아다닐 때는 고기떼가 달려드는 바람에 수면에 다시 파문이 생긴다. 호숫물은 액체로 녹아 있던 유리가 식어지기는 했으나, 아직 굳지는 않은 것 같고, 그에 떠 있는 몇 개의 티눈은 유리의 불순물처럼 순수하고 아름답기까지 했다. 간혹 호숫물의 일부가 다른 데보다 더 매끄럽고 짙은 색을 하고 있는 것도 보게 된다. 이는 보이지 않는 거미줄, 이를테면, 물 요정의 방침으로 호수의 다른 영역에 차단되어 그에 떠 있는 것 같다. 언덕 위에서 호수를 보면 어디서건 고기가 뛰는 모습이 잘 보인다. 강꼬치고기나 피라미가 이 매끄러운 수면에서 벌레 하나를 낚아챌 때 분명 호수 전역의 평정이 교란될 것이다. 고기가 벌레를 잡는 단순한 행동은 감추어 두기 어려운 살인처럼 교묘하게 사방에 알려지는 것은 신기한 일이다. 원을 그리며 점점 커가는 파문의 직경이 30미터쯤 될 때는 내가 서있는 먼 언덕에서도 알아볼 수가 있다.

400미터 정도 떨어진 데서 물매암이 한 마리가 매끄러운 수면 위를 쉴 새 없이 떠돌아다니는 모습도 보인다. 물매암이는 물에 작은 고랑을 내며 전진하는데, 두 개로 갈라진 선 사이에 똑똑히 보이는 잔물결을 내기 때문이다. 그러나 이 잔물결 위를 소금쟁이는 별 흔적도 내지 않고 미끄러지듯 넘어간다. 호수의 수면에 물결이 꽤 일 때에는 소금쟁이나 물매암이는 찾아볼 수가 없다. 그러나 수면이 잔잔한 날, 곤충은 숨은 아지트에서 나와서 한쪽 호숫가에서부터 짧고 충동적인 몸짓으로 수면을 미끄러져 가다가 마침내 호수를 완전히 횡단해 버린다. 태양의 따스함이 정말 고맙게 느껴지는 가을의 어느 맑은 날, 언덕 위의 나무 그루터기에 걸터앉아 호수를 내려다보며, 물 위에 비친 하늘과 나무의 그림자로 잘 보이지 않는 수면 위에 끊임없이 그려지는 동그라미 모양의 파문을 관찰하는 것은 마음이 무척 차분해지는 일이다. 이 넓은 수면에는 어떤 동요가 있더라도 이는 곧 잠잠히 가라앉게 된다. 물이 가득한 항아리를 흔들면 물이 출렁대지만 가장 자리에 닿으면서 결국엔 수면 전체가 다시 잠잠해지듯 말이다. 호수에 고기 한 마리가 뛰거나 벌레 한 마리가 떨어지기만 해도 아름다운 동그란 파문을 일으키며 사방에 알려진다. 이는 호수의 근원에서 물이 끊임없이 솟아나는 모습 같아 보이며, 호수가 살아서 생명이 부드럽게 고동치거나, 호흡하느라 가슴이 부푸는 모습 같아 보인다. 기쁨과 고통의 전율은 각각 구별이 안 된다. 호수에서 벌어지는 현상은 얼마나 평화로운가! 인간의 작품은 다시금 봄날처럼 빛나고 있다. 그렇다! 오늘 오후, 잎사귀와 나뭇가지, 돌멩이와 거미줄은 모두 봄날의 아침 이슬에 젖어 있을 때처럼 반짝이고 있다. 노와 벌레가 움직일 때마다 빛이 번쩍인다. 노가 물을 칠 때 들리는 메아리는 참으로 듣기가 좋다!

9월이나 10월 이맘때 월든 호수는 완벽한 숲의 거울이 된다. 거울의 가장자리를 장식한 돌은 내 눈에는 보석 이상으로 귀하게 보인다. 지구 표면에는 호수만큼 아름답고 순수하며 커다란 것은 없으리라. 하늘의 물에는 울타리가 필요 없다. 수많은 민족이 오갔으나 이를 더럽히지는 못했다. 호수는 돌로 깰 수 없는 거울이기도 하다. 거울의 수은은 영원히 닳아 없어지지 않으며, 자연은 도금을 늘 손질해준다. 어떠한 폭풍이나 먼지도 깨끗한 표면을 흐리게 하진 못한다. 호수의 거울에 나타난 불순물은 가라앉거나 태양의 아지랑이 같은 솔, 아주 가벼운 마른걸레가 쓸어주고 털어준다. 호수의 거울에는 입김 자국이 남지 않는다. 자신의 입김을 되레 구름으로 만들어 하늘로 띄우는데, 구름은 호수의 가슴에 다시 모습이 비쳐진다.

들판과도 같이 넓은 물은 공중에 떠 있는 정기를 반영한다. 이는 위로부터 끝없이 새로운 생명과 몸짓을 받아들이며, 하늘과 땅의 중간적인 본성을 지니고 있기도 하다. 땅에서는 풀과 나무만 흔들리나 물은 그 자체가 바람으로 잔물결이 일게 된다. 필자는 수면에 미풍이 불어 지나는 곳을 빛줄기나 빛의 파편이 번득임을 보고 알 수 있다. 이처럼 호수의 표면을 내려다볼 수 있다는 것은 대단한 일이다. 언젠가 우리는 공기의 표면을 내려다보며 한층 더 신기한 기운이 어디를 스쳐 지나가는가를 보게 될 것이다.

10월 하순, 된서리가 내리면 소금쟁이와 물매암이는 자취를 감춘다. 그 때부터 11월말까지 평온한 날에는 호수의 표면에 파문을 일으킬 만한 것이 정말 아무것도 없다. 11월의 어느 오후였다. 며칠간 계속되던 비바람이 그치고 평온이 다시 찾아왔건만 하늘은 여태 구름이 잔뜩 끼고 대기는 엷은 안개로 가득했다. 호수가 너무 잔잔했기 때문에 수면을 구별하기가 어려울 정도였다. 그러나 수면은 이제 10월의 화려한 색들이 아니라 주위를 둘러싸고 있는 산의 어두운 11월의 색상을 반영하고 있었다. 될 수 있는 한 부드럽게 노를 저었으나, 배가 일으킨 작은 물결은 시선이 뻗칠 수 있는 곳까지 멀리 퍼져나갔고, 호수에 비친 영상에 이랑을 만들어 놓았다. 수면 위를 바라보고 있으려니 멀리 수면 이곳저곳에 희미하게 깜빡이는 빛이 시야에 들어왔다. 이는 마치 서리를 피한 소금쟁이가 모여 있기라도 한 것 같았다. 수면이 너무 잔잔하니 호수 바닥에서 샘이 솟는 모습이 그렇게 표출되는 것 같기도 했다. 가만히 노를 저어 그곳에 이르자 놀랍게도 필자는 자신이 수없이 많은 퍼치 떼에 둘러싸인 것을 깨닫게 되었다. 약 12센티미터

크기의 퍼치는 푸른 물속에서 아름다운 청동색을 띠며 뛰놀다가, 끊임없이 수면에 올라와 파문을 일으키곤 했는데 어떤 때는 수면에 기포를 남기기도 했다. 이처럼 투명하고 바닥이 없어 보이는 호수에 구름까지 비치니, 마치 기구를 타고 하늘을 날고 있는 기분이었다. 지느러미를 돛처럼 펼치고 헤엄치는 이 물고기들은 나보다 조금 밑에서 좌우로 날고 있는 새떼와도 같다는 생각이 들었다. 호수에는 퍼치 떼가 많았는데 겨울이 그들의 넓은 하늘 창에 얼음으로 된 덧문을 씌우기전, 얼마 남지 않은 짧은 시간을 최대한으로 즐기려는 듯싶었다. 고기떼가 수면 가까이 노는 모습이 어떤 때는 가벼운 바람이 수면을 치는것처럼, 혹은 빗방울이 조금씩 수면에 떨어지는 것처럼 보일 때도 있었다. 무심코 배를 저어 가다가 고기를 놀라게 하면 그들은 마치 누가잎 많은 나뭇가지로 수면을 친 것 같은 소리를 내며 꼬리로 수면을쳐 잔물결을 일으키고는, 깊은 물속으로 사라져 버렸다. 드디어 바람이 일고 안개가 더 짙어지며 물결이 치기 시작하자 퍼치 떼는 수면 위에 몸이 반쯤 드러날 정도로 오르기 시작했는데 그 모습은 75밀리미터의 검은 점 백여 개가 동시에 수면 밖에 나타난 것 같았다. 어느 해는 12월 5일같이 늦은 시기에도 호수에 파문이 생기는 것을 본 적이있다. 게다가 엷은 안개까지 쫙 끼었으니 나는 세찬 비가 쏟아질 것으로 생각하고 급히 노를 저어 귀가하려고 서둘렀다. 얼굴에 빗방울이떨어진 것은 아니었지만 비는 더 심하게 오는 것 같았고, 금방이라도흠뻑 젖게 될 것만 같았다. 그러나 수면의 파문이 갑작스레 사라져버렸다. 파문은 퍼치들이 일으켰던 것인데, 나의 노 젓는 소리에 놀라서물 속 깊은 곳으로 달아나버렸던 것이다. 고기 떼가 사라지는 뒷모습을 어렴풋이 볼 수 있었다. 그 날 오후는 끝내 비가 내리지 않았다.

진실로, 진실로 나는 말할 수 없노니

진실로, 진실로 나는 말할 수 없노니,
말하기가 더 쉬운,
모든 사랑이나 증오를
곰곰이 생각은 해보겠지만,
진실로, 진실로, 그대는 나를 믿을 지어다
그대가 내게 혐오감을 준다고 말할 때
오, 나는 그대를 증오한다
내 의지를 기꺼이 물리치고;
때로는 그에 역행하니 말이오,
친구여, 나는 지금도 그대를 사랑하오
어느 한편에 치우치지 않은 순수한 혐오는
사랑의 배신이자,
하늘에 계신 하나님께는 죄악이 되오

결론

진실을 가르쳐주시오

　사랑보다도, 돈보다도, 명예보다도 나는 진실을 원한다. 나는 산해진미와 맛좋은 술이 넘치고 하인들이 아부하듯 시중드는 잔칫상에 앉아 있었지만, 성실과 진실을 찾아볼 수는 없었기에 냉랭한 식탁에서 배고픔을 안고 떠났다. 손님 접대는 얼음장처럼 차가웠다. 음식을 차갑게 하기 위해 구태여 얼음은 필요 없을 것이라고 생각했다. 그들은 포도주가 몇 년 묵은 것이며, 제조년도가 얼마나 유명한 해인가에 대해 이야기했지만, 필자는 그들이 얻을 수도, 살 수도 없는 또 다른 술을 그리고 있었다. 그 술은 더 오래 되었으면서도 새롭고, 더 순수하며 더 훌륭한 연도에 양조된 술이었다. 집과 뜰의 양식이나 '접대' 같은 것이 내게는 아무래도 좋았다. 어느 왕을 알현한 적도 있는데, 그는 나를 홀에서 기다리게 하는 등, 손님을 맞이할 능력이 없는 사람처럼 행동했다. 내 집 근처에는 나무에 파인 구멍 속에 사는 사람도 있었다. 그의 태도에는 왕자다운 면모가 있었으니, 차라리 그를 찾아갔더라면 이보다 나은 대접을 받았을 것이다.

부질없는 미덕

언제까지 우리는 현관에 앉아서 어떤 일이든 일단 해보면 당장 부적절함이 드러날, 부질없고 케케묵은 덕을 실천하고 있을 것인가? 이는 참을성을 발휘해가며 하루를 시작한 뒤 감자밭에 나가 김을 맬 일꾼을 고용한 다음, 오후에는 미리 생각해둔 것의 선심을 발동하여 기독교인다운 온화함과 자선심을 행사하는 것과 같다. 인류의 중국다운 자존심과 침체한 자기도취를 생각해 보자. 오늘날 세대는 자신을 월등한 계보의 후예라며 자만에 빠지는 성향이 있다. 보스턴과 런던, 파리와 로마 같은 도시에서, 자신의 오랜 전통을 상기하며 그네는 만족스러운 어투로 예술과 과학과 문학 발전을 거론한다. 각종 학회 보고서와 '위인들'의 공적을 찬양하는 글도 있었다. 이는 선량한 아담이 자신의 성품에 스스로 감격하는 모습과 다를 바가 없다. '그래, 우리는 위대한 일을 해냈고 거룩한 노래를 불렀지. 결코 없어지지 않을 것을 말이야.' 다시 말해서 우리는 그것을 잊지 않고 있는 한, 그럴 거라는 이야기다.

고대 강국이었던 아시리아Assyria의 각종 학술회와 위인은 지금 어디 있는가? 우리는 젊기 짝이 없는 철학자며 실험자가 아닌가? 독자 여러분 가운데는 한 사람도 한평생을 다 살아낸 사람은 없다. 지금은 인류 역사상 봄에 불과한지도 모르겠다. 우리 중, 7년째 옴 때문에 고생한 사람이 있을지는 모르나 콩코드에서는 17년을 사는 매미를 본 사람은 없다. 우리는 지구의 극히 얇은 겉껍질에만 익숙해져있다. 사람들은 대개 지면에서 1.8미터를 파본 적도 없고, 공중으로 1.8

미터를 뛰어올라본 적도 없다. 우리는 지금 자신이 어디에 있는지조차 모른다. 더구나 거의 반나절에 가까운 시간을 잠으로 때우기도 한다. 그럼에도 우리는 자신을 현명하다고 생각하며, 하나의 질서를 지표 면에 확립해 두었다. 우리 인간은 심오한 사상가며 포부가 대단한 존재라 하지 않을 수가 없다. 필자가 서있는 숲에는 땅에 깔린 솔잎 사이로 벌레 한 마리가 기어가며 내 시야에서 벗어나려 하고 있다. 왜 이 벌레가 좁은 소견을 가지고도, 자기의 은인이 될 수도 있고 벌레 모두에게 좋은 소식을 가져다줄지도 모르는 나에게서 머리를 감추려 드는가하고 자문해본다. 그러나 나라는 인간벌레위에 서 있는 더 큰 '은사'이자 훌륭한 '지성'을 가진 존재를 의식하지 않을 수 없다.

신기한 일이 넘치다

세상에는 신기한 일이 끝없이 펼쳐지고 있는데도 우리는 엄청난 지루함을 견뎌내고 있다. 가장 개화된 나라에서 어떤 종류의 설교가 들리고 있는가를 지적하기만 해도 그 지루함의 정도를 알 수가 있다. 기쁨과 슬픔이라는 말이 있기는 하나, 이는 코먹은 소리로 부르는 찬송가의 후렴에 불과하며, 우리가 진정 신봉하는 것은 진부하고 천박한 것에 지나지 않는다. 갈아입을 수 있는 것은 의복뿐이라고 생각하는데, 사람들은 대영제국이 훌륭한 대국이며 미국은 일류의 강국이라고들 말한다. 그러나 각 개인 뒤에는 그가 마음만 먹으면 대영제국쯤 나뭇조각처럼 띄워버릴 수 있는 조류가 밀려들었다가 빠져나가기도 한다는 것을 우리는 깨닫지 못한다. 17년 사는 매미가 언제 땅 속에서 나올 것인지, 그 누가 예측할 수 있으랴? 속세의 정부는 영국 정부처럼 만찬 뒤에 술을 한 잔 들이키며 담소하는 가운데 구성되진 않았다.

생명은 물과 같은 것

우리의 생명은 강물과도 같다. 올해 생명의 물은 여느 때보다도 수위가 높아져 고지대의 마른 땅을 범람할지도 모른다. 올해가 기억에 남을 해이자, 물이 넘쳐 강변에 사는 사향쥐가 모두 익사하는 그런 해일지도 모른다. 우리가 지금 사는 곳은 항상 마른 땅은 아니었다. 필자는 과학자가 홍수를 기록하기 전에 강물이 범람했던 흔적이 있는 둑을 저 멀리 내륙 지방에서 본다. 뉴잉글랜드에 사는 사람이면 누구나 주민 사이에 퍼진 이야기를 들었을 것이다. 처음에는 코네티컷, 다음에는 매사추세츠의 어느 농가 부엌에 60년 동안이나 놓여 있던 사과나무로 제작된 식탁의 마른 판자에서 아름답고 생명력이 넘치는 곤충이 나왔다는 소문 말이다. 그 곤충이 자리 잡고 있던 곳의 바깥쪽으로 겹쳐 있는 나이테의 수를 세보니, 그보다도 여러 해 전, 그 나무가 살아 있을 때, 깐 알에서 나온 것이란다. 아마 커피 주전자가 끓는 열에 의해 부화되었겠지만, 그 곤충이 밖으로 나오려고 판자를 갉아 먹는 소리가 여러 주일 전부터 들렸다고 한다. 이를 듣고 부활과 불멸에 대한 신념이 새로워지는 것을 느끼지 않을 사람이 어디 있겠는가? 날개달린 어떤 아름다운 생명체가 처음에는 푸른 생나무의 백목질 속에 알로 태어났으나, 나무가 차츰 잘 마른 관처럼 되는 바람에 오랜 세월을 죽은 듯 건조한 사회생활 속에서 목질의 나이테에 묻혀 있다가(아마 지난 수년간, 일가족이 즐겁게 식탁에 둘러앉아 있을 때 밖으로 나오려고 갉는 소리를 내서 모두를 놀라게 한 적도 여러 번 있었을 것이다!), 어느 날 갑자기 세상에서 가장 싸고 흔한 가구에서 튀어나와 마침내 찬란한 여름 생활을 즐기게 될지 그 누가 알겠는가?

나는 영국인이나 미국인이 이런 이야기를 다 이해하리라고는 생각는 않는다. 하지만 바로 그런 특성이야말로 단순한 시간의 경과만으로는 동이 트게 할 수 없는 저 아침과도 같다. 우리의 눈을 감게 하는 빛은 어두움에 불과하다. 깨어 기다리는 날만이 동이 트는 것일 테니 말이다. 동이 틀 날은 또 있다. 태양은 아침에 뜨는 별에 불과하다.

덕

사냥꾼

앨곤퀸족 인디언the Algonquins이 말하듯, 사냥꾼이 "가장 훌륭한 인간"이던 시절이 역사에 있었던 것처럼 개인의 역사에도 그런 시절이 있다. 우리는 엽총을 쏘아 본 적이 없는 소년을 가엾게 생각할 수밖에 없다. 그리고 인정이 더 많은 것은 아니며 오히려 교육이 등한시되고 있음을 보여주기 때문이다. 지금까지 말한 것이 사냥에 빠진 청소년을 두고 오간 질문의 답변이다. 물론 그것은 아이들이 머지않아 사냥을 벗어나게 되리라는, 필자의 믿음에 근거를 두고 있다. 인간의 탈을 쓴 사람이라면 철없는 소년시절을 지내고도 저와 똑같은 환경에서 살아가는 뭇 동물을 무분별하게 죽이지는 못할 것이다. 막다른 골목으로 몰린 산토끼는 어린아이처럼 운다고들 한다. 세상의 어머니에게 전하고 싶은 말이 있다. 나의 동정심은 흔히 그렇듯, 인간과 동물을 차별하는 그런 동정심은 아니라는 것이다.

양심은 집에서 자란 본능으로,
감정과 사상은 죄를 퍼뜨린다
자연에 어긋나는 교육으로
이제 말하노니, 이를 바깥
황야로 보내시오
나는 소박한 삶은 사랑하나,
하지만 사소한 일에 마음이 흐릿해지진 않소,
병든 양심은 건실한 영혼을 묶지 못한다,
그러면 우주는 생각보다 더 악해질 것이다
크나큰 즐거움과 슬픔이
그릇에 잠기지 않고,
훗날 생명을 가져다줄;
신실한 영혼을 사랑한다,
하나의 비극은 감내하겠지만,
70개를 그러지는 못한다;

보전할만한 양심은;
애통하지 않고 웃고만 있다;
견실하고 지혜로운 양심은,
영원히 채비를 갖추어;
어떤 사태로 변하는 일도 없고,
여러분과 함께 찬사를 보낸다;

누군가 의심할 큰일을 두고
양심이 발휘된다

숲보다 사람을 좋아한다,
태어날 때부터 선한 운명이나,
자기 스스로
소신을 믿는다
어느 것도 거짓은 없다
사건이 낳은 것은
즐거움과 관심이다;
하나님이 시작하신 일이
끝나고 성취되기까지;
숭배하든 조롱하든;
그가 버린 곳에서 정복되었다,
선이 아니라면 왜 악인가,
선한 신이 아니라면 선한 악이다

오, 이런! 위선자여, 거기서 나오라,
소신껏 살고 근면하면서도 부정한 소득을 챙기는 구나
양심적인 겁쟁이들은
내가 참을 수가 없다
일을 사랑하고,
하나님을 찬양하는
덕을 노래하는
소박한 일꾼을 보내라,

초월주의자일지라도

사람이라면 누구나 축우 품평회Cattle Show에 참가할 자격이 있다. 초월주의자도 예외는 아니다. 필자는 소보다는 사람에 관심이 더 많다. 이름은 모르지만 미들섹스the Middlesex를 대표하며, 백인보다 본토에 가까운 옛 지인을 다시금 만나고 싶어서다. 그들은 비즈니스가 우선이 아닌 데다, 흑색 코트는 그리 짙지 않고, 구두의 광택도 번쩍이지 않으며, 손을 가리려고 장갑을 쓰는 위인도 아니다. 사실, 품평회에 몰리는 사람 중에는 별난 사람도 있지만 모두들 대환영이다. 우유부단하여 변덕이 죽 끓듯 한 데다, 대체로 몸도 허약하고, 구부러진 지팡이를 선호하며, 겁을 잔뜩 먹은 뱀처럼 징그러울 뿐, 쓸모는 없지만 장식용으로는 그만인 친구를 다시금 만날 수 있으리라. 숫양의 뿔은 편리하지만 왠지 모르게 비비꼬여있었다. 그는 언젠가 약속이라도 한 듯, 고삐 풀린 시골에 녀석을 데려오고는, 도시 이곳저곳의 끝자락에서 콩코드 숲에까지 이를 소개했다. 구부러진 정도로 통치자를 선출한 것은 아닐까 싶기도 했다. 하지만 곧은 지팡이가 최상의 품질로 거듭나듯, 올곧은 사람이 최고의 통치자가 될 것이다. 그런데 괴짜로 부각된 그가 평범한 일을 하는 데 선택될 까닭이 있을까? 잘 모르겠지만, 오늘날 필자를 초대한 그들이 이 같은 잘못을 저질렀다고 생각할 것이다.

측량기사의 직능을 발휘하여, 농장 주변을 살펴본 뒤 고용주인 여러분과 정찬을 나누다보면 영농의 한계가 무엇인지 간파하게 된다. 측량기사뿐 아니라, 자연주의자로서 자유를 누리다보면 (실망할지도 모르겠지만) 여러분도 눈치 챘겠지만, 습관적으로 평소보다 자주 대지를 둘러봐왔다. 어찌 보면 (필자에게는 안심이 될진대) 이를 간파하지 못한 듯 싶기도 하다. 그러므로 인적이 드문, 농토 외진 곳에서 여러분을 우연히 만나면 놀란 표정으로 "이 도시나 카운티에서 당신을 만난 적이 없었는데 혹시 제가 길을 잃은 것은 아닌가"고 묻는다. 노하우는 간직한 채, 사실을 전하고 싶다면 좀더 예의를 갖추어 "여기서는 댁을 본 적이 없었는데 혹시 길을 잃으신 것은 아닙니까?"라고 물었을 것이다. 필자는 영농업자에게 식림지의 지름길을 몇 차례 귀띔해주었다.

선

선을 어찌 신뢰하리요?
현인만이 공평한데 말이오
선은 우리가 쓰되,
현인은 선택할 수가 없소
그들은 아무것도 아니나;
선을 알고 사랑하오,
하지만 지식수준이 좀 떨어지는 사람들은
이를 알지 못하오
그들은 눈으로 우리의 관심을 자극하지 않고,
충고로 마음을 찌르고;
사사로운 번민이나 평안으로,
편협한 동정심을 느끼긴 않소,

다만 보편적인 희열과 탄식으로,
동정심을 알고 있소

도덕

인생은 놀라울 만큼 도덕적이다. 도덕과 악덕 사이에는 한 순간의
휴전도 없이 싸움이 계속되고 있다. 선이야말로 절대적으로 실패하지
않는 유일한 투자이기도 하다. 온 세상에 울려 퍼지는 하프의 선율에
서 특히 감명을 주는 것은 선에 대한 주장이다. 이 하프는 우주의 법
칙을 선전하고 돌아다니는 '우주보험회사Universe's Insurance Company'
의 출장 세일즈맨이며, 우리의 조그만 선행은 몸소 지불하는 유일한
보험료인 셈이다. 젊은이는 나이가 들면 무감각해지지만 우주의 법칙
은 결코 그러는 법이 없으며 영원히 민감한 사람의 편에 선다. 미풍에
귀를 기울여 나무소리를 들어보라. 이는 틀림없이 존재하며, 그것을
듣지 못하는 사람은 불행한 사람이다. 현을 만지거나 손가락으로 누
를 때마다 매력적인 도덕의 선율이 우리를 사로잡는다. 귀에 거슬리는
여러 잡음도 멀리서 들으면 천박한 인생을 풍자하는 아름다운 음악
으로 들린다.

가벼운 머리로 서서 노래할 때

가벼운 머리로 서서 노래할 때,

만상에 대한 가난한 사랑에서,
모든 뮤즈가 힘을 건넸음에도,
운문은 근원만큼이나 약하고 얕다

그러나 고개를 내려 손을 더듬으며
내 뒤에서 마음의 소리를 들으며,
소망보다 우월한 신념을 가지고,
발을 내딛지 않으려고 안간힘을 쓴다,

마음이 지핀 불을 두고,
내 영혼도 방조자가 되면
운문은 영원히 닳아버리며,
시간은 하나님이 쓰신 행을 굽히지 못하리라

귀만 가진 자의 말을 듣고
눈만 가진 자의 모습을 보고;
몇 해만 살았던 자의 삶을 살고,
학습의 교훈만 알고 있는 자는 진실을 구별한다

주로 타고난 시간과,
삶과 남성의 기력을 일으키는;
마중물은 꽃이다,
평화의 종국이자 전쟁의 시초가 바로 그것이다

여름철의 기나긴 정오,
잿빛이 감도는 벽이나 불행의 방 주변에서,
무료한 데다, 모욕감을 주는 6월,
당혹스런 날, 뻔뻔스런 표정을 짓는다

들어본 일이 없는 사랑이라도 의심치는 않으리라
내 가치나 소원이 값을 치른 사랑 말이다,
사랑은 젊은 나와 늙은 나에게 구애하며,
이 저녁에까지 데려왔다

관능

모든 관능은 하나다. 모습은 여럿이지만 말이다. 순결도 매한가지다. 사람의 관능적인 행동은 그가 음식을 먹든, 음료수를 마시든, 누구와 동침하든, 잠을 자든 똑같은 것이다. 사실, 그것은 하나의 욕망에 불과하다. 그러니 어떤 사람이 얼마나 대단한 관능주의자인가를 알려면 그가 무엇을 하는지 한 가지만 보면 될 것이다. 순결치 못한 사람은 서고 앉는 동작에도 순결이 부족하다. 파충류는 굴의 한쪽 입구가 공격당하면 또 다른 입구에 머리를 내민다. 정결하게 되고 싶으면 여러분은 절제해야 한다. 정결이란 무엇인가? 자신이 정결한지는 어떻게 아는가? 사람은 이를 알지 못할 것이다. 우리는 정결을 듣고는 있으나 그것이 무엇인지는 모른다. 우리는 소문에 따라 왈가왈부할 뿐이다. 몸을 부지런히 놀리는 데서 지혜와 순결이 오는 반면,

나태로부터는 무지와 관능이 온다. 공부하는 사람에게 관능은 마음의 게으른 습성이다. 깨끗지 못한 사람은 죄다 게으르며, 난로 옆에 웅크리고 있는 사람과, 해가 떠 있는데도 누워 있는 사람과, 피곤하지도 않은데 휴식을 취하는 사람이 다 한통속인 것이다. 불순과 죄악을 피하려거든 외양간 청소도 좋으니 부지런히 일을 하라. 천성은 극복하기가 어렵지만 꼭 그래야 한다. 여러분이 기독교 신도일지라도 이교도보다 더 순결하진 못하고, 이교도보다 자신을 더 극복하지도 못하며, 이교도보다 더 종교적인 사람이 되지도 못한다면 무슨 소용이 있겠는가? 이교도로 구분된 종교 중에는 신도의 부끄러움을 깨닫게 하여 의식의 수행에 지나지 않더라도, 그들에게 새로운 열의를 갖도록 독려하는 교단도 있다고 한다.

내 사랑

내 사랑은 독수리의 날개처럼
자유로워야 마땅하다,
육지와 바다와,
만물 위를 맴돈다

그대의 술집에서
내 눈은 흐려지지 않으며
하늘과 밤에 뜬 달을
떠나지도 않으리

내가 날아오기까지 기다리는,
사냥꾼의 올무가 되진 마시오
시선을 끌기 위해
교묘히 매설해둔 올무 말이오

대신 나를 품는
순풍이 되시오,
그대가 떠나도
돛을 채울 순풍말이오

그대가 변덕을 부린들
창공은 떠날 수가 없소,
진정한 사랑은 하늘만큼이나
높소

독수리는 짝꿍을 용납지 않고
이길거요
눈을 훈련하여
태양 밑을 볼 수 있으니까

노동의 영광

9월의 어느 날 저녁, 존 파머는 하루의 힘든 일을 마치고 자기 집 문간에 앉아 있었다. 그의 마음은 오늘 한 일을 되새기고 있었다. 목욕을 끝냈으므로 그는 자신의 지적인 인간을 재현시키려 하면서 그곳에 앉아 있었다. 저녁 날씨는 조금 쌀쌀한 편이었고 이웃 중에는 서리를 걱정하는 사람도 있었다. 그가 생각에 잠겼을 때 누군가가 피리 부는 소리가 들려왔다. 피리소리가 그의 기분과도 잘 맞았다. 그래도 그는 일을 생각했다. 자기 뜻에 반하여 일을 기획하고 궁리했지만 그것이 대단한 일이 아니라는 생각이 들었다. 줄곧 벗겨지는 피부의 비듬과도 같았으니 말이다. 하지만 피리 소리는 그가 일하고 있는 세계와는 다른 세계에서 그의 귀에 절실히 들려와서는 그의 내면에서 잠자고 있는 본무를 일깨워주고 있었다. 피리 소리는 그가 살고 있는 거리와 마을과 국가를 조용히 벗겨가 버렸다. 어떤 목소리가 그에게 속삭였다. '그대는 왜 이곳에 머물며 그렇게 천하고 힘든 생활을 하는가? 그대에게 영광스러운 삶이 가능한데도 말이다. 저 하늘에 있는 별은 여기 말고도 다른 들판 위에서도 빛나고 있다.' 하지만 이 환경을 어떻게 벗어나 그리로 이동할 것인가? 그는 다시금 금욕생활을 실천하며, 정신이 육체로 내려가 이를 구원하며, 점점 커지는 존경심으로 자신을 상대해야겠다고 마음먹었다.

미류

젊은이

내가 보기에 고장 젊은이들은 농장과 주택, 창고와 가축 및 농기구를 유산으로 받은 까닭에 불행이 닥친 듯싶다. 이들은 일단 얻으면 버리기가 쉽지 않다. 그들은 차라리 광활한 초원에서 태어나 늑대의 젖을 먹고 자라는 편이 나았을지도 모르겠다. 그러면 자신이 힘들여 가꾸어야 할 땅을 보다 더 맑은 눈으로 볼 수 있었으리라. 누가 이들을 흙의 노예로 만들었는가? 왜 한 '펙'의 먼지만 먹어도 될 것을 60에이커나 되는 흙을 먹어야 하는가? 왜 그들은 태어나자마자 무덤을 파기 시작했는가? 그들은 이 같은 소유물을 모두 밀고 가면서 어렵사리 근근이 살아가야 했던 것이다. 불멸의 영혼을 지녔다는 인간이 가엾게도 등에 진 짐에 눌려 깔리다시피, 깊이 23미터, 폭 12미터의 곡식 창고와, 청소를 하지 않아 아우게이아스 왕의 외양간만큼이나 더럽기 짝이 없는 외양간과, 100에이커나 되는 대지와 밭, 목장 및 숲을 밀어가며 고달픈 인생길을 걷는 것을 수없이 보아왔다. 물론 유산을 물려받지 않아 그런 불필요한 짐과 싸우지 않아도 되는 사람도, 그들 나름대로 조그마한 몸뚱이의 욕구를 다스리고 가꾸는 데도 힘겨워한다.

만상은 토지에서
발견된 흐름이며,
영성과 물질은
그들의 후손이다

밤낮과, 매년,
고저와 원근은,
우리의 자아상이며,
후회이기도 하다

해안의 신들이여,
영원히 거하는 여러분,
한손에 펼쳐진,
갈지 않은 땅이 멀리 보인다오;

여러분의 썩지 않은 땅에서
부드러운 저녁 소리가 들리나;
시간으로 나를 속이지 마시오,
여러분의 나라에 나를 데려가시오

일꾼

비교적 자유로운 이 나라에서도 사람들은 대부분 무지와 오해 때문에 부질없는 근심과, 필요 이상으로 힘든 노동에 몸과 마음을 빼앗겨 인생의 아름다운 열매를 따보지 못하고 있다. 지나친 노동으로 투박해진 열 손가락은 열매를 딸 수 없을 정도로 떨린다. 사실, 노동자에게는 참다운 결벽성을 매일 유지할 여유가 없다. 그는 정정당당한 대인관계를 유지할 여유가 없는데, 만약 그렇게 하다가는 노동력이 시장가치를 잃게 될 것이기 때문이다. 노동자는 단순한 기계 외에는 어느 것도 될 여유가 없다. 인간이 발전하려면 자신의 무지를 항상 기억해야 하는데, 자기가 아는 바를 그렇게 자주 사용해야 하는 그가 어찌 자신의 무지를 기억할 수 있겠는가? 우리는 그를 평가하기에 앞서 가끔이라도 그에게 먹을 것과 입을 것을 무상으로 제공하고, 우리가 복용하는 강장제로 그의 원기를 북돋아 주어야 한다. 인간성의 훌륭한 면모는 과일 껍질에 붙어있는 과분처럼 아주 조심스레 다루어야 보존될 수 있다. 그러나 우리는 자신이나 다른 사람을 그렇게 부드럽게 다루지는 않는다.

폰코타세트 산에서

그 이후, 우리는 폰코타세트 산에서,
빌러리케이로 흐르는 개천을 따라 내려왔다,
가느다란 빛줄기를 쏘아 콩코드의 황혼을 비추던

현명한 시인은 여기에 자리를 잡았다

은빛줄기가 높이 빛나고,
날이 갈수록 빛이 더 밝아지는 첫 별처럼,
여행객은 대개 이를 발견하지 못하며,
눈이 저녁 하늘에는 미치지 못한다,

천체의 빛을 알고 분명히 보라,
기쁘게 둘이나 셋인 빛을 찬미하라;
깊은 지식은 심층적으로 연구해야 한다,
깊은 우물에서 별을 노래한 시를 읽듯이

시야에는 벗어났으나 이 별에는 울타리가 없다,
하지만 별은 해처럼 영원히 빛날 것이다;
그렇다, 별은 해와 같다. 비행중인 흙이
눈을 내밀어 빛을 보겠지만

가장 적은 천체의 소리를 누가 흘려들으며,
땅에 떨어지는 가장 희미한 빛을 누가 외면하랴
언젠가 이를 알게 된다면
천상의 광휘로 태양에 울타리를 치지 않을까?

인간의 주목적은 무엇이며, 인생을 살아가는 데 진실로 필요한 수단과 방편이 무엇인가하고 교리문답식으로 생각해 볼 때 사람들은 고의적으로 현재의 통상적인 생활방식을 택한 것으로 보인다. 다른 어떤 생활방식보다도 그것을 선호했기에 말이다. 하지만 이제 와서 그들은 실은 선택의 여지가 없다고 진정으로 믿고 있는 것이다. 그러나 영특하고 건전한 품성을 가진 사람들은 오늘도 훤히 솟구쳐 오른 태양을 잊지 않는다. 잘못된 고정관념은 지금이라도 버리는 것이 낫다. 어떠한 사고방식이나 행동 방식도 그것이 아무리 오래된 것일지라도 증명되지 않고는 믿어서는 안 되겠다. 오늘 모든 사람들이 진리라고 받아들이고 묵과한 것이 내일에는 거짓으로 판명될는지 모른다. 들에 단비를 내려줄 구름으로 믿었던 것이 기껏 견해라는 이름의 연기에 지나지 않는 것이 드러나듯 말이다. 노인이 불가능하다고 한 일도 여러분은 시도하여 이루어내고 있지 않은가? 옛 사람들에게는 옛 행위가, 새 사람들에게는 새 행위가 있다. 선조는 새로운 연료로 불을 지피는 법을 몰랐지만, 현대인은 솥 밑에 마른나무 몇 쪽을 태워서 새처럼 빠르게, 그야말로 노인네를 치어 죽일 만큼 빠른 속도로 지구를 돈다. 나이가 많은 사람이 젊은이보다 더 나은 선생이 될 수는 없다. 나이를 먹는 과정에서 얻는 것보다 잃는 것이 더 많기 때문에 어쩌면 그보다 못하다고도 할 수 있으리라. 가장 현명한 사람도 인생 여정에서 절대적 가치가 있는 그 어떤 것을 과연 배웠을까 하고 나는 의심한다. 사실, 늙은이에게는 젊은이에게 건넬 만한 충고도 없다. 그들의 경험은 부분에 지나지 않은 데다, 인생은 처참한 실패로 끝났기 때문이다. 그런데 이러한 실패가 개인적인 사유 때문이라고 믿는 듯하다. 그들은 쓰디쓴 경험에도 신념이 다소 남아 있는 것처럼 보이나, 그런다고 예전처럼 젊어지는 것은 아니다. 필자는 이 세상에 태어나 30여 년을 살아왔으나 선배에게서 유익한 가르침이나 진심에서 우러난 충고를 한마디도 들어본 일이 없다. 내게 도움이 되는 이야기는 아무것도 해주지 않았으며, 어쩌면 해주려야 해줄 수 없었는지도 모르겠다. 여기에는 인생이라는 내가 대개 겪어 보지 않은 실험이 있다. 선배들이 이를 벌써 겪었다는 것이 내게는 별 도움이 되지 않는다. 필자가 어떤 가치 있는 경험을 하게 되더라도 결국에는 '선배들이 이를 두고 아무런 이야기를 해주지 않았다' 는 사실을 회상하게 될 것이다.

오랜 인연을 맺은 종

오랜 인연을 맺은 종소리를
나는 좋아한다
바람을 타고 은은히 울린다
달콤하고 청명하게
소싯적
내가 종소리를 들었을 때

얼마 전, 어느 인디언 행상이 우리 마을에 사는 유명 변호사의 집에 바구니를 팔러 왔다. "바구니를 사지 않겠습니까?"하고 그가 물었다. "아니오. 살 생각 없습니다."라고 그가 대꾸했다. "무엇이? 우리를 굶겨 죽일 작정인가?" 대문을 나가던 인디언이 외쳤다. 주위의 부지런한 백인이 모두 잘사는 것과, 특히 변호사는 변론하기만 하면 마술처럼 재물과 지위가 뒤따르는 것을 본 인디언은 '나도 사업을 해야지. 바구니를 짜야겠어. 내가 할 수 있는 일은 그거니까'라고 마음먹었다. 그가 바구니를 만들면 본분이 끝났으니, 이를 사주는 것은 백인의 의무라고 생각한 것이다. 남이 살 만한 바구니를 만들든지, 최소한 사는 사람이 그렇게 생각하도록 만들든지, 혹은 살만한 다른 물건을 만들어야겠다는 생각은 하지 못했다.

나 역시 하나의 바구니, 섬세하게 바구니를 엮어 놓았으나 살 만한 것으로 만들지는 못했다. 하지만 그 바구니는 역시 엮을 가치가 있었다고 생각하여, 남이 살 가치가 있는 것으로 만드는 비결을 연구하는 대신, 어떻게 하면 그것을 팔지 않아도 될 것인가를 연구했다. 사람들이 높이 평가하고 성공적인 것으로 생각하는 삶은 한 가지 종류에 지나지 않는다. 왜 우리는 다른 삶을 희생해가며 한 가지 삶을 과대평가하는 것일까?

꾸물대는 시인

헛되이 아침을 본다,
헛되이 서쪽의 불꽃을 본다,
다른 인생을 기대하며
다른 하늘을 보는 자는 누구인가

경계가 없는 부를 쌓으면,
그 안에서는 가난뱅이일 뿐이다,
새는 여름에 노래해왔으나,
내 봄은 여태 오지도 하지 않았다

가을바람을 기다려야 할까,
좀더 화창한 날을 찾아야 할까,
호기심 어린 둥지를 남기지 않고,
여기까지 메아리치는 숲은 없는가?

근대식 발전

　대학과 무수한 '근대식 발전modern improvement'은 사정이 같다. 즉,
이들에는 어떤 환각이 작용하고 있다. 발전이라고 항상 긍정적인 것
만은 아니다. 근대식 발전에는 악마가 초기에 투자해 놓은 몫이 있는
데, 이것과 후속적으로 투자한 몫을 두고 악마는 가혹한 복리를 짜

내고 있다. 발명품은 흔히 진지한 일에서 우리의 관심을 빼앗는 예쁘장한 장난감일 경우가 많다. 이들은 조악한 목적을 달성하기 위해 쓰는 조악하지 않은 수단에 불과하며, 목적이란 기차가 보스턴이나 뉴욕에 쉽게 도착하듯, 발명품 없이도 이미 쉽게 도달할 수 있는 것들이다. 우리는 메인에서 텍사스를 잇는 전신을 가설하려고 무척이나 서두르고 있다. 하지만 메인과 텍사스는 서로 통신할 만큼 중요한 일이 없을지도 모른다. 어떤 저명한 귀머거리 부인과의 만남을 몹시 바라던 사내가 드디어 소개를 받아 그녀의 보청기 한쪽이 제 손에 쥐어지자 말문이 막히는 것 같은 곤경에 이 양주는 빠지고 만 것이다. 이는 전신의 주요한 목적이, 빠른 속도로 이야기하자는 것이지 조리 있게 이야기하자는 것은 아니라는 점과 같다. 우리는 대서양에 해저전신을 가설하여 구세계의 소식을 신세계에 몇 주일 앞당겨 가져오기를 몹시 바라고 있다. 하지만 해저전신을 타고 미국인의 큰 귀에 들어오는 첫 소식은 아델레이드 공주the Princess Adelaide가 백일해를 앓고 있다는 소식 정도일 것이다. 어차피 1분에 1.5킬로를 달리는 말을 타고 오는 사람이 가장 중요한 소식을 가지고 오는 것은 아니다. 그는 전도사도 아니고, 메뚜기와 꿀을 먹으며 오는 선지자도 아니다. 유명한 경주마인 '플라잉 차일더스Flying Childers'가 옥수수 한 말이라도 방앗간에 나른 적이 있는지 의심스럽다.

여정

인간은 정말 호기심이 거의 없다
신비를 찾아 떠날 생각은 않고
보물창고만 되뇌고 있으니
머리를 쓰는 데 소홀하다
30년하고도 10년 동안
인간은 지인 사이에서 이리저리 방황한다
이 작은 땅덩어리에서
그래도 신성한 지팡이는 사용하지 않는다
궁금해 하지 않는 시신은
인생의 호기심보다 더 낮은 곳에 누워있다
야심찬 발걸음은 그리 높은 곳에는 오르지 않고
평소 오락을 즐길 때면 참새가
부랑자보다 더 멀리 간 구름 저편으로 난다
오, 주여, 그에게 큰 잘못은 없지만
그가 태어날 때부터 지금껏 거의 요동치 않으셨습니다
낮고 얄팍한 세상을 방황하면서도
숭고한 사상과 희망은 당최 펼쳐지지 않는다
큼직한 죄가 안식하거나 둥지를 틀 공간이 없고
사방이 벽으로 둘러싸인 세상에서
그는 종말이 오기까지 주변을 떠돈다
그러고는 염색을 위해 나이 든 머리를 떨군다
바로 이것이 인생이자, 유명한 투쟁이다

미개인의 습성

미개인의 어떤 습관에는 우리가 본받으면 유익하리라 생각되는 것도 있는데, 이를테면 매년 허물을 벗는 의식이 바로 그것이다. 실체야 어떻든, 취지는 제대로 알고 있었다. 바트램은 머클래시 인디언의 그런 습관을 저서에 기술했다. 이른바 '첫 실과의 잔치'라는 '버스크'를 우리도 치르면 좋지 않겠는가? "한 마을에서 '버스크'가 열릴 때 그들은 새 옷과 솥과 냄비 및 기타 살림도구와 가구를 미리 준비해둔 뒤, 헌옷과 지저분한 물건을 한데 모으고, 집과 거리와 마을을 깨끗이 청소하여 쓰레기를 모아두고는, 이를 남은 곡식과 음식물과 함께 산적이 쌓아 태워버린다. 그러고는 어떤 약을 먹고 3일간 단식하는데, 그것이 끝나면 마을의 불을 모두 끈다. 단식 기간에는 식욕과 성욕을 비롯한 육욕은 일체 억제해야 하며, 특별사면으로 죄인들이 모두 고향으로 돌아갈 수 있다."

돼지

흘러가는 세월

일 년에 발생하는 여러 현상이 매일 소소하게 호수 안에서 일어난다. 대체로 얕은 곳의 물은 아침에는 깊은 곳의 물보다 빨리 온도가 올라가고, 저녁부터 다음날 아침까지는 역시 빠른 속도로 온도가 내려간다. 하루는 1년의 축소판이다. 밤은 겨울이며, 아침과 저녁은 봄과 가을이며, 낮은 여름이다. 얼음이 울리거나 깨지는 듯한 소리를 내는 것은 기온이 변하고 있다는 사실을 가리킨다. 1850년 2월 4일, 추운 밤을 보내고 상쾌한 아침을 맞은 나는 하루를 보낼 요량으로 플린트 호수Flint's Pond를 찾았다. 그런데 내가 도끼머리로 얼음을 치자 얼음은 내가 징을 치거나, 팽팽한 북을 친 것처럼 사방으로 몇 십 미터를 울려 나를 깜짝 놀라게 했다. 해가 뜬 지 한 시간 후, 언덕 너머로 비스듬히 비치는 태양 광선의 따스한 기운을 받으며 호수는 울리는 소리를 내기 시작했다. 마치 잠을 깬 사람처럼 기지개를 켜고 하품을 하며 점점 더 시끄러운 소리를 냈고, 이런 현상은 서너 시간이나 지속되었다. 그러나 정오 무렵에는 낮잠이라도 자는 듯 잠시 조용해졌다가, 태양이 기운을 거두어들이는 저녁 무렵에는 다시금 울리는 소리를 냈다. 기후가 적절하면 호수는 아주 규칙적으로 저녁 예포를 쏘곤한다. 그러나 대낮에는 깨지는 듯한 소리로 시끄러운 데다 공기 또한탄력이 적기 때문에 호수는 울림을 완전히 잃고 만다. 그러므로 얼음위를 치더라도 물고기와 사향쥐가 그 진동소리에 정신을 잃을 정도로놀라는 일은 없을 것이다. 일부 낚시꾼에 따르면, '호수의 천둥소리the thundering of the pond'는 고기를 놀라게 하여 미끼를 물지 않게 한다고한다. 호수가 저녁마다 천둥소리를 내는 것은 아니다. 또 언제 그 소리를 낼지도 예측할 수가 없다. 그러나 날씨에는 특별한 변화가 없어도 호수는 돌연 천둥소리를 낸다. 이처럼 덩지가 크고, 차가우며, 두꺼운 피부를 가진 것이 그토록 민감하리라고 누가 상상이나 하겠는가? 그러나 봄이 오면 싹이 트듯, 호수는 자신의 어떤 법칙에 순종하여 천둥소리를 내야 할 시점엔 반드시 그렇게 한다. 이처럼 대지는 살아있고 예민한 돌기로 덮여 있다. 아무리 큰 호수라도 대기의 변화를두고는 시험관의 수은처럼 민감한 것이다.

개똥지빠귀의 클라리온을 듣는다

때로는 개똥지빠귀가 연주하는 클라리온이나,
성마른 어치의 놋나팔 소리를 듣는다,
고립된 숲에서 박새는
영웅을 찬미하며 드문드문 노래를 전한다
미덕의 사랑스러움도
영원토록 부를 것이다

겨울 소리

겨울에는 밤은 물론이고, 낮에도 거리를 가늠할 수 없는 곳에서 올빼미의 외로우면서도 구슬픈 울음소리를 들을 수 있다. 올빼미 소리는 꽁꽁 얼어붙은 지구를 악기삼아 적당한 활로 연주하면 날 것 같은데, 월든 숲에서 들을 수 있는 가장 대표적인 상용어다. 이제는 귀에 익었지만 올빼미가 우는 현장을 직접 본 적은 없다. 겨울 저녁에는 문을 열기만 하면 거의 언제나 청아한 울음소리를 들을 수 있었다. 그런데 그 소리가 어떤 때는 "우엉, 우엉, 우엉, 우어엉, 우엉"이라며 첫 세 음절이 마치 인사를 건네는 듯 들리기도 하고, 어떤 때는 그냥 "우엉, 우엉" 울기도 했다. 겨울이 시작될 무렵, 호수가 완전히 얼기 전이었던 어느 날 밤 아홉 시경, 나는 기러기 한 마리의 커다란 울음소리에 깜짝 놀라 문간으로 달려갔다. 수많은 기러기가 숲에 닥친 폭풍우와도 같은 날갯소리를 내며 집 위를 낮게 난 것이다. 기러기 떼는 호수 너머 페어헤이븐으로 향하고 있었는데, 내 집에서 비치는 불빛 때문에 월든 호수에 내려앉으려는 생각은 버린 듯싶었다. 그러는 동안 대장 기러기는 규칙적으로 "끼룩"거리며 기러기 떼의 이동을 지휘했다. 마침 집에서 아주 가까운 곳에서 문득 올빼미 한 마리가 숲에 사는 새의 울음소리 중 가장 크고 날카로운 소리로 대장 기러기의 울음에 규칙적인 간격으로 응답하는 것이 아닌가! 허드슨 만에서 날아온 침입자에게, 토착민의 곡성이 더 넓은 음역과 더 큰 성량을 가지고 있다는 것을 과시함으로써 이를 콩코드 밖으로 쫓아내려 하는 것 같았다. '우리 올빼미에게 바친 이 신성한 밤에 너희가 왜 숲에서 소란을 피운단 말이냐? 내가 이 시간에 잠이나 자고 있을 것 같으냐, 내

목청이 너희보다 못할 성싶으냐?' "우엉! 우엉! 우엉! 우엉!" 그제까지 들어본 것 중 가장 오싹한 불협화음이었다. 그러나 분별력을 발휘하여 들어보면, 근방에서는 듣도 보도 못한 조화로운 구석이 있음을 알 수 있었다.

따스한 기운

인정 많은 태양이 흙이 흘린 눈물을 마르게 하는 것을 보았다
주룩주룩 쏟아내는 기쁨의 눈물을
고속도로변에 기꺼이 나를 깔아,
눈을 녹여 흐르리라,
영혼과 육신이 조수와 얽히고설켜,
나에게도 자연의 힘이 흐른다,
그러나 흐르지도, 향취를 발산하지도 못하니,
시간의 위대한 행적에 조금이나마 발을 뻗으면,
베틀을 짜는 동안 나의 공적이 들린다,
내 침묵은 음악과 함께 울리누나

경치

월든 호수의 경치는 수수하고 매우 아름답기는 하나 웅장하다고 할 수는 없다. 게다가 자주 와 본 사람이나 그 호숫가에 살아 본 사람이 아니면 그에 깊은 관심을 갖지도 않는다. 그러나 월든은 너무

도 깊고 맑기 때문에 자세하게 살펴볼 가치는 있다. 월든 호수는 길이가 약 800미터에 둘레는 2.8킬로미터인, 맑고 깊은 초록빛의 우물이며 넓이는 61에이커 반쯤 된다. 소나무와 떡갈나무 숲의 한가운데에 자리 잡고 있는 영원한 샘물로 구름과 증발에 이외에는 특히 눈에 띄는 유출입구가 없다. 호수를 둘러싼 산은 수면에서 12내지 24미터로 가파르게 치솟아 있다. 하지만 동남쪽과 동쪽에 위치한 산은 400미터내지 480미터이며 각각 높이는 30미터와 45미터다. 이 일대는 완전한 삼림지대로, 콩코드의 모든 강과 호수는 적어도 두 가지의 색깔을 가지고 있는데, 하나는 멀리서 본 색깔이며 다른 하나는 가까이에서 본 색깔로 원색에 가깝다. 첫 번째 색깔은 광선에 따라 좌우되며 하늘의 색을 따른다. 여름날 청명한 날씨에 그리 멀지 않은 거리에서는 청색으로 보인다는 이야기다. 특히 물결이 일면 더욱 그러하다. 하지만 멀리 떨어져 볼 때는 모두 색깔이 같다. 폭풍우가 부는 날씨에는 어두운 청회색을 띠기도 한다. 그러나 바다의 색깔은 대기에 특별한 변화가 없을 때도 어떤 날은 청색, 어떤 날은 초록색으로 보인다고 한다.

강

사방이 눈으로 덮였을 때 콩코드 강의 물과 얼음이 풀처럼 초록색을 띠고 있는 것을 본 적이 있다. 혹자는 청색이야말로 액체든 고체든 '맑은 물의 색깔'이라고 생각한다. 그러나 보트에서 마을의 강과 호수를 똑바로 내려다보면 매우 다른 색깔로 보이는 것을 알 수 있다.

월든 호수는 똑같은 관측 지점에서 보더라도 어떤 때는 청색으로, 어떤 때는 초록색으로 보인다. 하늘과 땅 사이에 놓인 이 호수는 양쪽의 색깔을 다 가지고 있는 셈이다. 언덕에서 보면 호수는 하늘의 색을 반영하지만, 가까이에서 보면 모래가 보이는 호숫가는 누런 색조를 띠고, 조금 더 깊은 곳은 엷은 녹색이었다가 점차 색이 진해져 호수의 중심부를 포함한 대부분은 한결같이 짙은 초록색이 된다. 빛깔에 따라서는 언덕위에서 보더라도 호숫가 근처의 물이 선명한 초록색일 때가 있다. 혹자는 이를 우거진 숲이 반영된 것이라고 한다. 그러나 모래가 깔린 철로 둑 옆의 호수도 초록색이고, 봄에 나뭇잎이 무성해지기 전의 호숫가도 초록색이니, 이는 단순히 기본색인 청색이 모래의 노란색과 뒤섞인 결과일지도 모른다. 바로 이것이 월든 호수가 눈이라면 그 홍채에 해당하는 색깔이다. 이는 봄에 호수 바닥에서 반사된 태양열과 땅을 통해 전해진 태양열로 얼음이 맨 처음 녹아서, 아직도 얼어 있는 중심부 둘레에 좁은 운하를 만드는 부분이기도 하다. 마을의 다른 호수나 강처럼 월든 호수도 맑은 날씨에 물결이 일 때에는, 수면이 태양빛을 직각으로 반사하기 때문인지, 혹은 수면에 섞인 빛의 양이 더 많기 때문인지는 모르겠지만, 어쨌든 약간 떨어져서 보면 하늘색보다 더 짙은 푸른색으로 보인다. 그때 호수의 수면에 자리를 잡고 물 위에 비친 그림자를 보기 위해 '나누어진 시각divided vision'으로 보면 물결무늬의 비단, 즉 빛에 따라 색깔이 변하는 비단이나 칼날에서 발하는 것 같은 밝은 청색이 보인다. 말로는 표현할 수 없는 밝은 청색은 하늘보다 더 하늘색에 가까운 색으로, 호수의 원색인 짙은 초록색과 더불어 물결의 양쪽 색깔로 서로 교차되어 나타난다. 이 색깔과 비교하면 원래의 짙은 초록색은 차라리 진흙 색깔로밖에 보이지 않았다. 이는 해가 서쪽에 지기 전 구름 사이로 보이는 겨울 하늘의 조각처럼 유리 같은 녹색을 띤 푸른색인 것으로 기억한다. 그러나 유리잔에 호수의 물을 떠서 햇빛에 비추어 보면 마치 같은 양의 공기처럼 색깔이 없다. 알다시피, 커다란 판유리는 초록빛을 띠지만(제조업체는 그것의 '몸체body' 때문이란다), 같은 유리의 조그만 조각은 색깔이 없다. 월든 호수를 얼마나 큰 몸체로 담아야 초록빛을 띨지 증명을 해본 일은 없다. 콩코드 강의 물은 똑바로 내려다보는 사람에게는 검은색이나 매우 짙은 갈색으로 보인다. 강은 대부분 호수처럼 거기서 수영하는 사람의 몸 색깔에 누르스름한 빛깔을 가미해 준다. 그러나 월든 호수의 물은 수정처럼 맑기에 수영하는 사람의 몸은 석고처럼 부자연스러운 백색을 띠게 된다. 게다가 사지가 확대되고 뒤틀려 보이니, 백색은 더욱 기괴한 효과를 내어 미켈란젤로Michael Angelo 같은 화가의 좋은 연구 대상이 될 것이다.

재빨리 줄어드는 여름

지금 보니, 여름이 재빨리 줄어든다
파릇파릇 돋아난 초원은 잿빛 옷을 깁는다
강풍은 숲을 살랑살랑 가두고
오랜 세월은 잎사귀 소파에 몸을 던진다
오, 멀리서 울리는 소리를 들을 수 있을까
인간의 귀로는 들을 수가 없다
미풍에 실린 노래는
죽은 세월의 장송곡을 부른다

동 트는 자연

고요한 겨울밤이 지나고 동이 트자 잠을 깼다. 꿈속에서 어떤 질문에 답변하려고 안간힘을 써봤지만 아무런 소용이 없었다. 물음은 '무엇이, 어떻게, 언제, 어디서'가 동반된 것이었다. 그러나 이제는 모든 생물의 보금자리인 대자연이 떠올랐고, 그녀는 조용하고 만족스러운 얼굴로 넓은 창문을 들여다보고 있었다. 그녀의 입술에서는 아무런 질문도 나오지 않았다. 물음은 이미 해답을 찾고서는 대자연 및 햇빛과 더불어, 잠에서 깬 나를 맞이했다. 한창때의 소나무들이 여기저기 자라고 있는 땅에 깊이 쌓인 눈과, 필자의 집이 자리 잡고 있는 언덕 비탈은 '앞으로 나가시오!'라며 나를 부추기는 것 같았다. 자연은 질문을 하지 않는 데다, 인간이 뭘 물어도 대답하는 법이 없다. 자연은 이미 오래전에 그러기로 결심을 했던 것이다. "오, 왕세자여! 우리 눈은 이 우주의 놀라운 여러 광경을 상고하며 영혼에 전달합니다. 밤은 물론 이 영광스러운 창조물의 일부를 장막으로 가립니다. 하지만 낮이 와서 지구에서 하늘의 들판에 이르는 이 위대한 작품을 우리에게 공개합니다."

달

시간이 흘러도 달은 닳지 않으며 마차를 인도한다;
눈 아래에는 도덕을 두었다

빛이 달라지지 않는 보름달이
동쪽 하늘에 솟았다,
금세 지나가는 밤에 영원히 머무르진 않지만,
꾸준히 빛을 비춘다

달은 그러지 않지만 내 재산은 기운다,
달빛이 축복하지 않았기에,
정처 없는 인생길은 조만간 줄어들겠지만,
달빛은 줄지 않으리라

달이 희미하게 비추고,
빛이 창백해져도,
항상 적소에서
빛의 여왕이 되리라

마을에 가노라면

마을에 가노라면 철로를 놓기 위해 산허리를 깊이 깎아놓은 곳을 지나게 된다. 그런데 봄이 되면 얼었던 모래와 진흙이 녹으면서 그 깎은 곳의 양쪽으로 흘러내리는데, 그때 나타나는 여러 가지 모양보다 더 관찰하기에 흥미로운 현상도 없을 것이다. 적당한 재질로 이루어진, 생생하게 노출된 둑의 수효는 철도가 발명되고 나서 엄청나게 증가했지만 이처럼 큰 규모의 현상은 그리 많지 않을 것이다. 둑을 이루

고 있는 재질은 그 굵기와 색깔이 다양한 온갖 종류의 모래며, 대개
는 약간의 진흙이 섞여 있다. 봄에 언 땅이 녹을 때나 심지어 겨울에도
몹시 따뜻한 날에는 모래가 용암처럼 비탈을 흘러내리기 시작하는데,
때로는 눈을 뚫고 쏟아져 나와 전에 모래가 보이지 않았던 곳이 온
통 모래 천지가 되기도 한다. 무수한 작은 흐름이 서로 겹치고 뒤엉켜
반은 흐름의 법칙을 따르고 반은 식물의 법칙을 따르는 잡종적인 양
상을 띤다. 이는 흘러내리면서 수분이 많은 잎이나 덩굴의 모양을 띠
며, 30센티미터 남짓 되는 깊이의 펄프처럼 걸쭉한 가지가 더미를 이룬
다. 위에서 내려다보면 무슨 나무이끼의 톱나나 열편모양, 혹은 비늘
모양의 엽상체처럼 보이거나, 산호나 표범의 발톱, 새의 발, 뇌나 폐나
내장, 또는 각종 배설물을 연상시키기도 한다. 이는 참으로 기괴한 식
물인데, 형상이나 색상이 청동의 주조물로 모방된 것을 볼 수가 있다.
그것은 건축 장식에 흔히 이용되는 아칸더스acanthus 잎이나 꽃상추,
포도나무, 담쟁이덩굴, 혹은 다른 식물의 잎보다도 오랜 역사를 가진
전형적인 건축용 잎이다. 형편에 따라서는 향후 지질학자에게 수수께
끼가 될지도 모르겠다.

에필로그

처녀

그녀는 평온하고 갈급한 눈으로
땅을 일으키려고 했다,
최고의 겸손으로,
그녀는 하늘을 떨어뜨리려 했다

그녀는 제자리에 서서
견고한 땅에 무늬를 새겼다
회전하는 땅이 자전할 때
그녀의 든든한 땅을 포용하기 위해

사람은 모두 신전이다

　사람은 모두 '육체'라 불리는 신전을 세운 건축가다. 신전은 자기 나름의 양식으로 세워지며 각자가 숭배하는 신에게 바치는데, 육체가 아니라 대리석을 두드려 원칙을 벗어나서는 안 된다. 우리는 모두 조각가 겸 화가이며, 자신의 살과 피를 작품의 자재로 쓴다. 혹자의 숭고한 정신은 즉시 외양을 다듬기 시작하며 야박함이나 관능은 그들을 야수처럼 추하게 만든다.

《월든》

영적인 길 주변을 달려왔다

기쁜 번뇌를 느끼며
영적인 길 주변을 달려왔다,
그러나 불투명한 몸뚱이에 미치는 좀더 순수한 영향력은,
항상 배우게 되니, 슬프도다!
항성시는 바꾼 적이 거의 없다.

여름날 아침에는

  여름날 아침, 여느 때처럼 멱을 감은 후 해가 뜰 녘부터 정오까지 볕이 잘 드는 문지방에 앉아 마냥 몽상에 잠기곤 했다. 주변에는 소나무와 호두나무 및 옻나무가 무성하게 자랐고, 누구도 깨뜨리지 않는 고독과 적막이 널려있었다. 새들만이 곁에서 노래하거나 소리 없이 집을 오갔다. 해가 서쪽 창을 비치거나 먼 도로를 달리는 나그네의 마차 소리를 듣고서야 시간이 흘러갔다는 사실을 깨달았다. 동양 사람들이 일을 버리고 명상에 잠긴다는 것이 무엇인지 깨닫게 되자 …… 명상에 집중할 수 있었다.

《월든》

아이올로스의 수금이 전한 풍문

아무도 본 적이 없는 골짜기가 있다,
발길이 닿은 적도 없는,
여기에는 고역과 투혼,
번민과 죄로 가득한 인생이 서려있다.
미덕은 산통을 겪기 전에,
이 땅에 내려왔고,
모든 행위는 그리로 돌아가리라,
후한 가슴에 화상을 입은 채

사랑은 따스하고 혈기는 젊다,
시를 아직 노래하지 않은 까닭은
미덕이 지금도 모험을 감행하며,
본래의 숨을 자유로이 쉬고 있기 때문이다
그대가 귀를 기울인다면,
만종뿐 아니라,
고상한 사람의 발소리와,
하늘과 대화하는 그의 생각을 들을지도 모른다

하나님의 도성을 포위하라

전선에 뛰어들어,
하나님의 도성을 포위한다면,

목적을 분명히 갖고,
전력을 다해 활시위를 당겨야 한다
더 겸손한 궁수라도 능히 막아내지 못할
활을 쏠 자격이 있어야 한다

<H. G. O. 블레이크에게 쓴 편지(1853년 12월 19일)>

일

'첫째도 일, 둘째와 셋째도 일이다.' 일은 나쁘게 말하면 경찰이요, 좋게 말하면 원칙이다. 가장 숭고한 목적을 성취하는 수단이라면 천박하거나 역겨울 수도 있겠으나, 언젠가는 사람을 올리고 내리는 사다리처럼 높아지진 않을까?

빛 앞에서 일어났다

빛 앞에서 일어났다
고역을 떠받치는 두 팔로
전력을 다하기 위해
어떤 걸림돌도 방해할 수 없으리라

자유를 존중하라

자유를 두고는 평소보다 더 질투가 날 것이다. …… 먹고 사는 것
뿐 아니라, 동포를 섬기는 데 필요한 노동은 기분 좋은 일이나 ……
형편이 더 가난해지면 부양에 필요한 노동은 고역이 될 것이다.

《원칙 없는 삶》

자신에게서 이를 모두 발견하라

"쇼를 본답시고 타지방 공연장을 들락거리면 안 된다. 눈요깃거리
는 어디에도 없다는 것을 먼저 생각해야 한다. 그건 당신에게서 찾을
수 있을지도 모른다." 시골 부랑자에게 하던 이야기다.

《개혁 논설Reform Papers》

콜럼버스가 되라

위도가 높은 지역을 탐험하라 ……
아니, 신대륙과 내면의 신세계를 발견할
콜럼버스가 되라
무역보다는 사상의 신항로를 개척하라!

《월든》

영혼 깊은 곳에서 들었다

영혼 깊은 곳에서 들었다
기분 좋은 아침 뉴스를;
머릿속 지평선에서는
진주의 빛깔을 보았다

교감

우주의 영과 교통하고 싶은 소망은 마를 기미가 보이지 않는다.

《일기》

월든 예찬

월든 호수에 사는 것보다
신과 천국에 더 가까이 갈 수는 없다
나는 호수의 돌이 깔린 해안이며
그 위를 스쳐가는 미풍이다
손바닥에는
호수의 물과 모래가 담겨 있고,
가장 깊은 행락지는
생각에 높이 떠 있다

《월든》

231

성지를 향하여

이처럼 우리는 성지를 향해 걷는다. 어느 날, 태양이 그 어느 때보다 밝아져 정신과 가슴에 스며들며, 가을날 비탈로 쏟아지는 햇살처럼 따스하고 고요한 황금빛의 위대한 각성으로 모든 이의 삶을 비추어줄 때까지 그럴 것이다.

《산책》

월든을 거닐다

월든을 거닐다 보니
그림자가 아주 푸르다
순수한 눈에 밝은 햇빛이 비칠 땐 더욱 그렇다
거룩하고도 신성한 무언가가 내게 존재할지도 모른다는 방증이리라

《일기》

차라리 당신 자식이 되겠소

차라리 당신 자식과,
숲의 피후견인이 되겠소
딴 곳에서 사람의 왕이 되느니,
보호를 받아야 할, 독립된 노예가 되느니

1817년 매사추세츠 주 콩코드에서 태어났다. 자신을 '신비주의자, 초절주의자, 자연철학자'로 묘사한 소로는 극단적인 개인주의와 단순하고 금욕적인 삶에 대한 선호, 사회와 정부에 대한 개인의 저항 정신으로 잘 알려져 있다. 소로는 하버드 대학을 졸업하고 형과 함께 사립학교를 열어 잠시 교사 생활을 한 뒤 목수, 석공, 조경, 토지측량, 강연에 이르기까지 시간제로 여러 가지 일을 하면서 대부분의 시간을 산책하고 독서하고 글 쓰는 데 할애하며 보냈다.

또한 저명한 문필가이자 사상가 랄프 왈도 에머슨(Ralph Waldo Emerson) 집에 머무르며 가정 교사 생활도 하고 잡지에 글을 기고하기도 하면서 지냈다. 그러다가 1845년 3월부터 월든 호숫가에 오두막집을 짓기 시작하여, 같은 해 7월부터 1847년 9월까지 그곳에서 홀로 지냈다. '숲속의 생활(Life in the Woods)'이라는 제목으로도 불리는 『월든(Walden)』은 바로 월든 호숫가에서 보낸 2년의 삶을 소로우 자신이 기록한 책이다.

소로우가 명실상부한 자연주자라는 사실은 『월든』에서 더 없이 분명해진다. 단순히 호숫가 오두막에서의 생활을 기록해 놓은 것이 아니라, 자연과 깊이 교감하면서 생각하고 느끼고 깨달은 것들을 솔직하게 적고 있기 때문이다. 예를 들어 다음과 같은 글을 보면, 그가 호수 표면의 잔잔한 움직임에서 크나큰 아름다움과 감동을 느꼈음을 알 수 있다.

'물은 새로운 생명과 움직임을 끊임없이 공중에서 받아들이고 있다. 물은 그 본질상 땅과 하늘의 중간이다. 땅에서는 풀과 나무만이 나부끼지만, 물은 바람이 불면 몸소 잔물결을 일으킨다. 나는 미풍이 물 위를 스쳐 가는 곳을 빛줄기나 빛의 파편이 반짝이는 것을 보고 안다. 이처럼 우리가 수면을 내려다볼 수 있다는 것은 놀라운 일이 아닐 수 없다.' (『월든』 중에서)

부당한 시민 정부에 대한 합법적인 개인의 저항을 주장한 에세이 『시민 불복종』(1849)은 1846년 7월 멕시코 전쟁에 반대하여 인두세 납부를 거부하여 투옥을 당한 경험을 생생히 그리면서 노예 해방과 전쟁 반대의 신념을 밝힌 역작이다. 20세기 마하트마 간디의 인도 독립운동 및 마틴 루터 킹의 흑인 민권운동에 영감을 준 것으로 유명하다.

옮긴이

유지훈

수원에서 최중고대학을 졸업했다(영문학 전공)

저서로 『남의 글을 내 글처럼』과 『베껴쓰기로 영작문 3.0』 등이 있으며, 옮긴 책으로는 『어린왕자 필사노트(영어)』를 비롯하여 『나는 좋은 사람이기를 포기했다』, 『가이 포크스: 플롯』, 『탈무드: 피르케이 아보트』, 『왜 세계는 가난한 나라를 돕는가?』, 『전방위 지배』, 『퓨처 오브 레스』, 『맨체스터 유나이티드』, 『미 정보기관의 글로벌 트렌드 2025』, 『걸어서 길이 되는 곳, 산티아고』, 『베이직 비블리칼 히브리어』, 『팀장님, 회의 진행이 예술이네요』의 다수가 있다.

(각박한 현대사회에 들려주는 자연의 노래) 월든 콜렉션

초판 1쇄 발행 2021년 01월 31일

글 쓴 이 헨리 데이비드 소로
펴 낸 곳 투나미스
발 행 인 유지훈
교정교열 편집팀

출판등록 2016년 06월 20일
출판신고 제2016-000059호
주   소 수원 팔달구 정조로 735 3층
이 메 일 ouilove2@hanmail.net
홈페이지 http://www.tunamis.co.kr

ISBN 979-11-87632-86-3 (03840)